Menace sur le réseau

Du même auteur, dans la même série :

Infiltrés
Dans l'œil de Lynx

Menace sur le réseau

LAURENT QUEYSSI

RAGEOT ✸ *THRILLER*

Cet ouvrage a été imprimé sur un papier
issu de forêts gérées durablement,
de sources contrôlées.

Couverture : © Lyn Randle/Arcangel Images

ISBN : 978-2-7002-4739-8
ISSN : 2259-0218

PROLOGUE

Le soleil qui frappe Venice Beach nimbe la promenade d'une lueur intense et oblige Adam à plisser les yeux. Il fait quelques pas, stupéfait, puis prend le temps d'examiner ce qui l'entoure. Des étals, surmontés d'auvents bariolés, proposent des articles de plage, parasols, frisbees, ou des glaces aux goûts improbables. L'allée piétonne rassemble une étrange faune : les passants en short s'y mêlent aux artistes de rue, les bodybuilders huilés aux skaters chevelus, les jolies filles en bikini aux touristes du Middle West obèses et torses nus.

Adam traverse la promenade en marchant, décontenancé par son nouveau point de vue. Handicapé, en fauteuil roulant, il n'a pas l'habitude d'observer son environnement d'une telle hauteur. Il laisse traîner son regard sur un garçon qui fonce à rollers, hésite un instant, puis décide de rester sur sa première envie.

Au-delà de l'allée piétonne et de la plage, l'océan Pacifique gronde et de grosses vagues aux rouleaux bien formés viennent frapper la côte. Une planche de surf l'attend.

Il parcourt une bande d'herbe, parsemée d'immenses palmiers de quinze ou vingt mètres de haut, puis ses pieds nus touchent enfin le sable. Il baisse les yeux pour les voir s'enfoncer à chaque pas entre des grains minuscules. Tout lui paraît tellement réel et pourtant impossible. Lui, le jeune Français en fauteuil roulant, marche à Venice Beach.

Et il ne compte pas s'arrêter là.

Sur la plage, des gens bronzent, allongés sur leurs serviettes. Çà et là, des groupes de jeunes, assis en tailleur ou appuyés sur les coudes, rient et s'invectivent en anglais. Adam repousse toutes les questions techniques qui essaient de s'interposer entre lui et l'océan. Pour l'instant, seule lui importe cette planche beige, plantée dans le sable mouillé. Il ôte son tee-shirt, le lâche sans se soucier de l'abandonner par terre et s'empare de la shortboard avant de la passer sous le bras pour entrer dans l'eau. Une fois suffisamment éloigné du bord, il la laisse flotter et s'assied dessus. Il reste ainsi quelques secondes, le dos chauffé par le soleil brûlant et les jambes trempant dans la fraîcheur de l'océan. Étrangement, il est le seul à surfer, aujourd'hui.

Inutile de trop réfléchir, se dit-il. *Profite de l'instant.*

Adam accroche en souriant son *leash* à sa cheville. Ce cordon de sécurité permettra, en cas de chute, que sa planche ne dérive pas jusqu'au bord. Face à de très grosses vagues, le *leash* peut devenir dangereux en s'accrochant sur des rochers ou des coraux et en retenant le surfeur au fond de l'eau. Mais Adam n'a aucune crainte. Pas aujourd'hui, pas dans ces circonstances.

Il s'allonge sur la planche et commence à ramer avec les bras. La houle côtière est forte et, un peu plus loin, de magnifiques rouleaux déferlent. Il passe plusieurs vagues en tirant sur ses triceps et retourne sa shortboard pour se placer face à la plage.

Des déferlantes le font monter et descendre comme sur des montagnes russes. Elles vont se casser un peu plus loin, trop près du bord pour qu'il puisse les prendre. Le surf est souvent une affaire de patience, de choix. Il s'écoule de longues minutes, voire davantage lorsque la mer est trop calme, avant que l'on puisse s'élancer. Et quelques secondes de retard au démarrage, une brève hésitation, suffisent parfois à manquer son coup et à se retrouver, un long moment encore, assis sur sa planche.

Mais Adam a compris ce que la houle lui annonce. Un beau rouleau arrive, prêt à se former à l'endroit où il se trouve. Le garçon patiente le temps qu'il faut.

Vient alors le moment de l'assaut.

Il rame avec ses bras pour se placer, brièvement, dans le même sens et à la même vitesse que la vague qu'il a choisie puis, dès qu'il sent que sa planche est emportée par le mouvement de l'eau, il s'accroupit dessus. Et se relève aussitôt.

Adam dévale le mur aquatique qui déferle vers la Californie, le vent dans ses cheveux et des embruns sur le visage. Derrière le bruit de l'eau qui gronde, il perçoit, presque imperceptible, le son de sa planche qui glisse dans l'océan, petit clapotis hyperréaliste. *C'est incroyable*, se dit-il.

La shortboard obéit au moindre de ses mouvements. Il la redresse, remonte la vague puis se replace au centre de la déferlante pour se laisser avaler par le rouleau. Pendant quelques instants, Adam disparaît dans le tube. Il en ressort triomphant, après avoir dompté l'océan, les jambes à demi pliées, le corps vers l'avant, un bras tendu pour garder l'équilibre.

Il secoue la tête pour décoller de son visage les cheveux qui lui tombent sur les yeux et, brusquement, l'image du Surfeur d'Argent, le personnage de bande dessinée, héraut de Galactus, qui vogue dans l'espace sur son longboard, lui vient en tête. Adam dirige alors sa planche vers le sommet de la vague.

Ça ne va pas durer, alors autant finir en beauté.

Emporté par sa vitesse, le garçon décolle littéralement de l'eau. Il s'envole et, d'une main, attrape le bord de sa shortboard pour effectuer, en l'air, un 360, un tour complet sur lui-même. Pendant un instant, à l'apex de sa figure, il lui semble se voir de l'extérieur, comme spectateur de son propre exploit, le temps arrêté comme s'il venait de prendre une photo. Adam Verne, cloué dans un fauteuil roulant depuis l'âge de quatre ans, plane au-dessus de l'océan Pacifique.

Le cri de pur bonheur qu'il sent monter en lui n'a pas le temps de jaillir. Il retombe déjà sur le sommet de la vague. Déséquilibré, il tente de repartir vers le bas avant que le rouleau ne le rattrape, mais n'y parvient pas. La force du courant l'emporte, il disparaît sous l'écume, tourbillonne dans le grondement de la déferlante.

Soudain, tel un dieu sous-marin antique, une voix claire et distincte par-dessus le gargouillis sourd s'adresse à lui en anglais.

– Il va falloir songer à ressortir.

Adam se rappelle brusquement qu'il n'est pas au large de Venice Beach, qu'il n'a jamais fait de surf et qu'il est toujours assis dans son fauteuil roulant, dans la banlieue sud de San Francisco. Il s'aperçoit aussi qu'il respire sous l'eau.

– Ferme les yeux, reprend la voix, celle d'une femme au fort accent américain. Je vais couper la simulation ; le retour à la réalité peut être brutal.

Adam obéit et retire le casque de réalité virtuelle qu'il portait sur le visage. Lorsqu'il ouvre les paupières, tout a changé. Il n'est plus dans l'eau fraîche du Pacifique, mais dans une salle blanche, près d'un écran d'ordinateur posé sur une table qui affiche l'image sous-marine qu'il voyait encore quelques secondes plus tôt. Face à lui, deux femmes le regardent en souriant, comme si son extase était communicative.

– Alors, c'était comment ? lui demande celle de gauche, une grande blonde aux yeux noisette.

– Plutôt…

Adam cherche ses mots. Comment qualifier ce qu'il vient de vivre ?

– Magique, finit-il par répondre à Britta, l'Américaine qui l'a emmené ici, dans les laboratoires de Glasser X. Je ne sais pas comment le définir autrement. C'était vraiment magique. J'avais l'impression de marcher. Je sentais le sable sous mes pieds. La chaleur du soleil sur ma peau. L'eau sur mon visage.

Il passe une main dans ses cheveux, s'attendant presque à les sentir humides.

– Ravie que cela t'ait plu, dit l'autre femme, une petite brune dont les lunettes cerclées accentuent la rondeur du visage. Mais il nous reste encore tant d'améliorations à apporter.

– Certains détails sont proprement hallucinants, explique Adam. Et l'interface sensorielle… je n'aurais jamais imaginé que vous maîtrisiez à ce point cette technologie.

Son interlocutrice, Magda, une des chercheuses qui travaille sur le projet de réalité virtuelle de Glasser X, le laboratoire de pointe de la multinationale numérique Glasser, lui prend le casque des mains et entreprend de retirer les électrodes collées sur son crâne.

– Voilà pourquoi nos recherches commencent tout juste à être dévoilées. Tu es une des premières personnes extérieures à tester la simulation. Justin Baker en personne m'a passé un coup de fil pour que je lui fasse cette faveur. Je ne pouvais pas la lui refuser.

Magda rougit légèrement et se tourne pour taper des commandes sur un clavier d'ordinateur.

– Tout va bien ? demande Britta à Adam en se penchant sur lui. Tu as l'air… décontenancé.

– C'est bizarre, répond le garçon. Je suis conscient de la chance que j'ai de tester avant tout le monde cette magnifique invention. Je ne sais comment vous en remercier. Mais le retour à la réalité est difficile. Pendant quelques minutes, j'ai vraiment eu l'impression que je marchais, que je surfais sans le moindre problème. Et brusquement, je me retrouve assis dans mon fauteuil, sans l'usage de mes jambes. C'était presque… trop réaliste.

– Nous aurions peut-être dû lancer une autre simulation, déclare Magda en se tournant vers lui. Une de mes préférées reste celle du jet-pack. Cette impression de voler…

– Merci, le surf m'allait très bien. J'ai déjà testé un jet-pack.

Adam repense au vol dément qu'il a effectué au-dessus de Rome[1], à la poursuite d'un individu qui l'avait séquestré. Britta lui fait les gros yeux, comme si elle le prenait en flagrant délit de mensonge.

Magda coupe l'image affichée sur son ordinateur que vient remplacer, en fond d'écran, le G stylisé, symbole de Glasser.

– Bon, dit Britta. Nous allons vous laisser reprendre votre travail. Merci pour tout.

– Oui, merci infiniment, ajoute Adam.

L'employé de Glasser lui tend une main qu'il s'empresse de serrer.

– Je t'en prie. Je suis toujours contente d'avoir de nouveaux cobayes.

1. Voir *Infiltrés* dans la même collection.

– Les premiers modèles seront disponibles quand ? demande-t-il.

– Pas avant un an ou deux, je pense. Les tests ne sont pas terminés et nous devons évaluer les effets secondaires sur le cerveau lors des immersions prolongées. Mais, si je comprends bien, nous pouvons déjà compter sur un client.

– Tout dépendra du prix.

Britta salue à son tour Magda qui les raccompagne jusqu'à l'entrée du laboratoire.

– À bientôt, lance la chercheuse avec un geste de la main.

Dehors, le soleil a disparu derrière un tapis de nuages gris et un léger crachin tombe de biais. Britta remonte le col de sa petite veste en daim.

– Ce n'est pas vraiment ainsi que je voyais le climat californien, dit Adam.

– Tu as dû confondre San Diego ou Los Angeles avec la baie de San Francisco.

Ils traversent une partie du parking pour rejoindre la Toyota de l'Américaine et Adam achève de s'installer sur le siège passager tandis que Britta range son fauteuil, plié, dans le coffre.

Adam se dit qu'il va devoir remercier Emma, son amie américaine, d'avoir fait jouer ses relations pour lui offrir le privilège d'une telle visite. Et, comme par un miracle de la synchronicité, son téléphone portable se met à sonner.

– Ah, excuse-moi.

Adam, étonné, s'empare de son téléphone portable dans sa poche et constate qu'il ne s'agit pas d'un simple appel téléphonique, mais d'une demande de connexion vidéo.

Emma. Il met son oreillette.

– Salut, dit-il après avoir appuyé sur son écran pour décrocher.

Il n'a pas le temps d'ajouter un mot. L'image qu'il voit apparaître lui tord aussitôt l'estomac. Emma est en pleurs, les traits tirés. Au début, il ne distingue pas l'élément étrange qui modifie la forme de son visage. Ou peut-être que son cerveau refuse de l'accepter. Mais une ou deux secondes plus tard, Adam se rend compte qu'Emma est bâillonnée, un morceau de tissu rouge enfoncé dans la bouche.

– Emma… Qu'est-ce que…

– Écoute-moi bien, ordonne une voix déformée, mécanique, en anglais.

L'image change de point de vue et le visage de la jeune fille est remplacé par celui d'une personne portant une cagoule noire ne laissant apparaître que la bouche et les yeux.

– Si tu veux revoir ton amie vivante, tu vas devoir faire tout ce que je t'ordonne. Compris ?

Adam, la gorge nouée, acquiesce lentement.

Silicon Valley

CHAPITRE 1

Une semaine plus tôt

– Bon, d'accord, c'est vraiment bien, convient Lucas, assis devant l'ordinateur d'Adam, une main sur la souris, l'autre posée sur le clavier.

– Tu m'étonnes, répond son ami, près de lui dans son fauteuil roulant. Les missions sont variées, les décors superbes et les situations réalistes.

Tous les deux ont passé l'après-midi enfermés dans la chambre d'Adam à s'affronter à *Soccer Player* et à tester plusieurs autres jeux vidéo.

– Et au niveau informatique ? demande Lucas tandis qu'Aiden Pearce, le héros qu'il incarne dans *Watch Dogs*, essaie de s'introduire, via son téléphone portable, sur le ctOS, le réseau qui commande toutes les infrastructures de la ville de Chicago.

– Niveau informatique et hacking, tout pourrait sembler exagéré, mais on reste proche de la réalité.

– Comment ça ? Tu crois qu'un pirate informatique pourrait faire mumuse sur les réseaux qui commandent les feux rouges, les conduites de gaz et tout ça ?

– Bien sûr. Ce n'est pas si difficile pour quelqu'un qui s'y connaît.

– Quelqu'un comme toi, bien sûr, rétorque Lucas avec une pointe de sarcasme.

– Non, j'en suis incapable, ce n'est pas de mon niveau, ment Adam. Mais j'ai lu des articles sur la conception du jeu et c'est assez impressionnant. Les créateurs, chez Ubisoft à Montréal, ont fait appel aux chercheurs de Kaspersky, la société qui fabrique des antivirus et s'efforce de lutter contre le piratage.

– Huhum, fait Lucas, concentré sur le jeu.

– Par exemple, reprend Adam, pour voler une base de données et copier un disque dur depuis un serveur, les scénaristes du jeu pensaient utiliser une attaque par force brute afin de copier les données.

– Une attaque par force brute ? Qu'est-ce que c'est ?

– C'est quand tu essayes de trouver un mot de passe en testant toutes les combinaisons possibles.

– Et ça marche, ça ?

– Si le mot de passe n'est pas trop long, oui. On la combine souvent avec d'autres attaques. Mais en réalité, ce n'est pas ainsi qu'un vrai hacker s'y prendrait.

– Et comment tu sais ça, toi ?

– Je l'ai lu dans un article, je te dis. Les gars de Kaspersky ont conseillé à ceux d'Ubisoft une autre méthode : relancer le serveur en bootant à partir d'une clé USB ou d'un disque dur externe avec un autre système d'exploitation pour copier le disque dur. Bon, évidemment, cela déclencherait une alarme, mais c'est justement là que voulaient en venir les scénaristes. Comme quoi les consultants servent parfois à quelque chose.

– En parlant d'alarme, dit Lucas en se mordant la lèvre, je ne sais pas trop ce que j'ai mal fait, en tout cas j'ai les flics aux fesses.

– Vole une moto, lui conseille son ami.

Un morceau de musique s'élève alors du bureau. Le téléphone d'Adam joue les premières notes de *Wild Horses*, la version des Sundays du célèbre morceau de Mick Jagger, Keith Richard et Gram Parsons. Il décroche sans regarder l'appelant et ne reconnaît pas tout de suite la voix au bout du fil.

– Salut, Adam. Ça va ?

Ce timbre enjoué, solaire et le léger accent américain qui l'accompagne lui reviennent aussitôt en mémoire. C'est Emma Shore, la fille de l'actrice hollywoodienne Julianne Shore, rencontrée quelques mois plus tôt lors de sa première mission pour la DCRI, et avec laquelle il a flirté. Un des nombreux éléments de sa vie dont ses amis, et même sa mère, ignorent totalement l'existence. Qui pourrait se douter que derrière Adam Verne, le lycéen sans histoires, se cache un hacker de si haut niveau qu'il a été recruté par les services de renseignement français ?

– Emma ? Quelle surprise ! Ça va bien. Et toi ?

– Ouais, super. Je suis à Los Angeles, chez ma mère. Et toi, toujours à Paris ?

– Oui, enfin, à Asnières, mais oui, je suis chez moi. Avec un pote. Devant un jeu vidéo.

– Ha ha. Tu ne changes pas.

Ce petit rire rappelle à Adam le visage d'Emma. Son sourire, ses cheveux roux et ses yeux bleus.

– Faut croire que non.

– C'est justement pour ça que je t'appelle. J'ai besoin de toi. Enfin, pas vraiment moi, plutôt ma mère. Elle commence à San Francisco, la semaine prochaine, le tournage d'un film dont le héros est un hacker. La production recherche un consultant, un expert.

– Hum hum, fait Adam, n'osant pas trop extrapoler.

– Alors j'ai suggéré ton nom à ma mère.

– Attends, en quoi ça consiste exactement ?

– Bah, je pense qu'il s'agit de montrer quelques lignes de code à l'acteur qui joue le rôle du hacker, histoire qu'il ne fasse pas n'importe quoi. De lui parler du monde du piratage informatique. C'est Justin Baker qui tient le rôle. Tu en es où de ton anglais ?

– J'ai beaucoup progressé.

Avant de rencontrer Sarah, sa petite amie, Adam avait commencé des cours particuliers d'anglais. Dans un coin de sa tête, il n'excluait pas l'idée d'aller voir Emma chez elle, à Los Angeles. Mais tout a changé depuis qu'il est avec Sarah. Tout, sauf une chose : enthousiasmé par ses progrès, il a continué les cours d'anglais.

– Bon, alors tu devrais t'en sortir sans problème, lance Emma. Entre nous, je crois que le boulot de consultant est assez tranquille. Mais tu seras bien payé et tu passeras quelques jours en Californie aux frais de la production.

– Tu veux vraiment que ce soit moi, le consultant ?

– Bien sûr, banane. Je ne t'aurais pas parlé de ça, sinon.

Adam n'en revient pas. Il avait un gros faible pour Emma, l'année dernière. Et il l'a même embrassée. Puis le temps a passé et l'océan qui les sépare ne s'étant pas évaporé, leurs conversations par téléphone se sont espacées. Mais voilà qu'elle réapparaît et lui fait une proposition qui lui paraît difficile à refuser.

– Oui, lance-t-il sans réfléchir. Il va falloir que je m'organise, mais je peux sans doute venir la semaine prochaine, pendant les vacances.

– Génial, s'enthousiasme Emma. J'ai déjà dit à la production que tu serais OK et je t'ai fait envoyer les papiers à signer.

– Pourquoi ne suis-je pas étonné ?

– Parce que tu me connais, répond l'Américaine. Je suis pressée de te revoir, tu sais.

– Euh... moi aussi, répond Adam en hésitant à lui parler de Sarah.

– Je te rappelle vite pour régler les détails de ton voyage.

– D'accord, à bientôt.

Adam raccroche et reste immobile quelques secondes, perdu dans la contemplation de son téléphone.

– *¿ Qué pasa ?* demande Lucas sans quitter des yeux l'écran de l'ordinateur.

– Oh, pas grand-chose. Je pars à San Francisco, la semaine prochaine, pour bosser sur un film avec Justin Baker.

– Ah ouais, génial. Moi aussi, je suis pris pendant les vacances. Je passe deux, trois jours sur Mars avec une équipe de cosmonautes russes.

Adam s'efforce de rire au trait d'esprit de son ami, mais n'y parvient pas. Il regrette de devoir lui mentir. Il aimerait tant pouvoir lui raconter les missions qu'il a déjà effectuées, les menaces qu'il a affrontées. Mais le contrat qu'il a signé avec la DGSI lui interdit de parler de tout ce qui touche à son travail de hacker espion. Informer ses proches pourrait les mettre en danger. Pour leur sécurité, il n'a d'autre choix que le mensonge et la dissimulation.

– Je te jure que c'est vrai.

– Allez, arrête, et aide-moi plutôt à achever cette mission, s'il te plaît.

Le hacker reporte son attention sur l'écran sans parvenir à se sortir de la tête l'image du Golden Gate Bridge et l'écho délicieux du rire d'Emma.

CHAPITRE 2

Marc Verne, une boîte en carton dans les mains, descend les dernières marches de l'escalier qui mène au rez-de-chaussée de la maison familiale.

– Tiens, t'es là, toi ? lance-t-il en apercevant, dans le couloir, son jeune frère Adam.

– Je n'avais pas cours cet après-midi, un prof absent.

– Super, tu vas pouvoir m'aider, décrète Marc en le suivant dans sa chambre. Maman m'a demandé de faire de la place dans le grenier. Il faut trier des cartons.

– Et tu as accepté ?

– Je n'ai pas trop le choix. Je n'avais pas cours non plus cet après-midi et surtout, elle est d'accord pour me prêter sa voiture ce week-end.

– Ah, c'est vrai, j'avais oublié que tu allais à la fac, dit Adam en remuant sa souris pour réveiller son ordinateur. En quoi déjà ? Physique des particules ?

– Ouais, exactement, mais là on commence à peine. On apprend à compter jusqu'à dix et à empiler des cubes, explique Marc en envoyant une pichenette sur l'oreille de son cadet.

Il pose le carton par terre et s'assoit à côté.

– Au fait, ton voyage en Californie... Encore une couverture pour aller risquer ta vie avec ta superbe amie Clotilde ?

Depuis quelques mois, Marc est au courant du travail qu'effectue parfois son frère pour les services secrets. Il est le seul avec qui Adam peut évoquer cette partie de sa vie.

– Ma superbe amie, hein ? Je croyais que tu t'étais réconcilié avec Kari.

– Ça ne m'empêche pas de constater que ta copine agent secret est magnifique.

– Pas de ton niveau, mon cher, je le crains, dit Adam en essayant de repousser l'image qui vient de s'imposer à lui : son frère faisant la cour à Clotilde Weisman. Et, de toute façon, je ne vois pas de quoi tu parles. Je ne connais aucun agent secret. Tu me parles de qui, d'ailleurs ? Clotilde qui ?

– Arrête un peu. C'est vrai cette histoire de film ?

– Aussi bizarre que ça puisse paraître, oui. Ça fait un mois et demi que je n'ai pas eu de nouvelles de la DCRI. Ah non, excuse-moi, la DGSI. Ils ont changé de nom et d'organisation. Les temps doivent être un peu troublés, la réorganisation un peu longue et c'est peut-être pour ça que je n'ai plus de contacts. Il suffit qu'un des nouveaux chefs ait décidé de ne plus faire appel à des agents extérieurs...

– Ou alors ils ont trouvé un meilleur hacker que toi, dit Marc en piochant dans le carton pour en examiner le contenu.

– Possible, convient Adam sérieusement.

Son frère extirpe d'un carton de vieilles cassettes vidéo VHS des albums pour enfants, des disquettes et autres artefacts du vingtième siècle qu'il étale sur le sol.

– Hé, il y a déjà assez de bazar dans ma chambre, lui lance Adam.

– T'en fais pas, je vais te laisser la place de faire ta valise. Il faut simplement que je mette à la poubelle ce dont on veut se débarrasser.

– OK. Montre-moi les vidéos.

Marc en passe quelques-unes à Adam.

– *Terminator*, *RoboCop* et *Buckaroo Banzai*. Enregistrés à la télé. On peut jeter sans problème.

– Et ces vieilles disquettes...

– Attends. Elles sortent d'où ?

– Je ne sais pas. Elles devaient être à papa.

Adam en prend une. Des disquettes de trois pouces et demi, le format qui équipait tous les PC jusqu'au début des années 2000, avant d'être remplacé par les disques ZIP, les CD-R et les clés USB. Sur l'étiquette, il est écrit à l'encre bleue : Komu.

– Komu, tu sais ce que c'est ? demande Adam. Un jeu, peut-être ?

– Aucune idée. Je ne crois pas que papa jouait beaucoup. Chaque fois que j'allais le voir dans son bureau, il était en train de taper des lignes de code ou de corriger des copies.

Adam ne se souvient guère de son père, disparu dans l'accident de voiture qui a endommagé sa colonne vertébrale et l'a privé de ses jambes. Il sait qu'il était prof d'informatique dans une université parisienne et sa mère lui a souvent dit qu'il lui ressemblait beaucoup. Mais de ses passions, de son rapport aux ordinateurs, il ignore tout.

– Mets-les de côté, s'il te plaît. J'aimerais bien voir ce qu'il y a dessus.

– Et comment tu feras ? On n'a plus rien pour les lire.

– Je me débrouillerai. On trouve des lecteurs de disquettes pas chers sur Internet.

– D'accord, comme tu veux. Je crois qu'il y en a encore un là-haut, avec les vieilles consoles de jeux. Je te le descendrai.

– Maman te prêtera la voiture, c'est sûr ? demande Adam

– Ouais.

– Puisque je t'aide, tu pourrais m'emmener quelque part ?

Marc soupire.

– Qu'est-ce que tu as contre le bus ?

– J'aimerais surprendre Sarah à la sortie du lycée, mais en transports en commun il me faudrait deux heures. Alors qu'en voiture...

– Bon, allez, on se magne de terminer.

– Merci.

Adam plonge une main dans le carton et en ressort un vieux *Journal de Mickey* froissé.

– Ça va aller vite, ajoute-t-il.

Trois quarts d'heure plus tard, la Twingo de Michelle Verne se gare devant le lycée Richelieu de Rueil-Malmaison puis Marc déplie le fauteuil roulant et aide son jeune frère à sortir de la voiture. Des grappes d'élèves papotent devant le portail de l'établissement depuis la fin des cours, quelques minutes auparavant.

– Tu peux repartir, dit Adam. Je la vois, là-bas. Je vais la raccompagner puis je me débrouillerai pour rentrer.

– Sir, yes, sir! crie Marc en lui adressant un salut militaire.

– Repos, soldat! lui répond son frère le plus sérieusement du monde avant de le regarder s'éloigner.

En quelques poussées expertes sur les roues de son fauteuil, il traverse la rue sur un dos-d'âne ralentisseur qui lui permet de monter sur le trottoir d'en face. Un peu plus loin, Sarah semble en pleine conversation avec d'autres adolescents. Son sac vert sur une épaule, elle porte un jean et des tennis bleus. Son petit manteau beige contraste à peine avec ses cheveux blonds qu'il reconnaîtrait entre mille.

Comme si elle l'avait senti arriver, ou peut-être grâce aux regards surpris de ses interlocuteurs, attirés vers le jeune homme en fauteuil roulant, Sarah se retourne.

Son visage est constamment dans les pensées d'Adam. Pourtant, chaque fois qu'il la retrouve, il a l'impression de la redécouvrir, de voir pour la première fois ses joues rondes, ses lèvres pulpeuses, son nez légèrement épaté et ses yeux verts en amande.

Et chaque fois, il se dit qu'elle est encore plus belle que dans son souvenir.

– Mademoiselle Spinto, lance-t-il en s'approchant.

– Monsieur Verne ! Quelle surprise ! exulte Sarah. Qu'est-ce que tu fais là ?

– J'avais un chauffeur, alors j'en ai profité.

Sarah se penche pour l'embrasser puis se tourne vers son groupe d'amis, composé de trois filles et deux garçons.

– Voici Adam, leur annonce-t-elle en souriant.

– Enfin, dit une fille dont les cheveux mi-longs dépassent sous un bonnet, malgré la température printanière. Le fameux Adam dont nous entendons parler depuis quelques semaines. Alors tu existes vraiment.

– Elle, c'est Allison, précise Sarah.

– Et toi, tu es la fameuse Allison dont j'entends parler depuis des semaines. Je ne doutais pas du tout de ton existence, dit Adam tandis qu'elle s'approche pour lui embrasser les joues.

– Et drôle avec ça, constate-t-elle en se redressant.

Sarah se tourne vers son petit ami et le regarde en souriant, à la fois ravie et gênée. Comme si elle ne savait pas quoi faire.

– Je pensais te raccompagner, dit-il.

– Oui, super idée. Allons-y.

Elle salue ses amis en levant la main et reçoit des « Bonnes vacances » ou « Soyez sages » amusés en retour. Seul un grand brun aux cheveux longs reste muet, comme contrarié. *Sans doute un prétendant de Sarah, déçu de la tournure des événements*, estime Adam en le remarquant.

– C'est vraiment une excellente surprise, dit-elle une fois qu'ils se retrouvent seuls.

– Ouais ? Je ne voulais pas te mettre dans l'embarras, tu sais.

– Dans l'embarras ? Mais tu plaisantes, pourquoi je serais gênée ?

Le hacker ne répond pas.

– Tu crois que je pourrais avoir honte ? reprend Sarah, fâchée. Parce que tu es en fauteuil ? Fais gaffe à ce que tu insinues, Adam.

Vite, trouve quelque chose pour te rattraper, crétin.

– Ah, c'est vrai, tu n'as pas vu la voiture dans laquelle je suis arrivé. La Twingo de ma mère, conduite par mon frère en plus. La classe internationale.

– Mouais, c'est ça.

Ils avancent en silence puis Sarah prend la main d'Adam, l'obligeant à s'arrêter.

– J'essaie d'imaginer ce que tu peux ressentir, parfois. Et ce n'est pas toujours facile. Mais ce n'est pas parce que tu n'es pas debout comme moi et mes potes que je vais avoir honte de toi. Tout le monde est unique, tu sais, différent. Chez certains, c'est plus visible que chez d'autres, c'est tout. Regarde, cette débile d'Allison… Si ça se trouve, elle portera toujours son bonnet au mois d'août. Pourtant, c'est ma meilleure amie et je l'aime telle qu'elle est, en dépit de sa folie ou alors peut-être parce qu'elle a des côtés un peu dingues. Et…

Sarah prend une inspiration et poursuit :

– C'est pareil pour toi.

Adam l'observe, incrédule. Elle lui lâche la main et repart.

– Attends, dit-il. Je rêve ou tu viens de me dire que tu m'aimes ?

Il pousse sur ses roues pour se placer à sa hauteur et la découvre, souriante.

– Il faut que je te parle d'un truc, lui annonce-t-il. Je pars dimanche pour quelques jours à San Francisco.

Étonnée, elle se tourne vers lui.

– Encore un voyage avec ta sœur ? demande-t-elle.

Depuis leur rencontre dans un bus de Barcelone, Sarah croit que Clotilde Weisman, l'agente française avec qui Adam a effectué ses deux missions pour la DCRI, est sa sœur aînée. Il s'en veut de ne pas lui avoir encore avoué la vérité, mais il est terrifié à l'idée que cette révélation puisse gâcher sa relation avec elle. Paradoxalement, il sent aussi que Sarah se doute de quelque chose et que ce mensonge n'est qu'une bombe à retardement.

– Pas exactement. Tu sais que je ne suis pas trop mauvais devant un ordinateur…

– J'en ai eu l'impression, oui.

– Une… copine m'a demandé d'aider sa mère sur le tournage d'un film. Il s'agit de conseiller un des acteurs pour tout ce qui relève de l'informatique.

– À San Francisco ?

– Ouais, c'est un film produit par un studio américain. Je suis censé coacher Justin Baker.

– Non, tu plaisantes, là... Justin Baker, le beau gosse qui joue dans *Steel Throne* ?

Adam hoche la tête.

– Ouais, dit Sarah en souriant, c'est ça.

Le hacker bloque ses roues, se tourne vers sa petite amie et lui affirme :

– Je t'assure que c'est vrai.

– D'accord, convient-elle comme si elle avait accepté de le croire *pour l'instant*. Mais comment t'es-tu retrouvé là-dedans ?

– C'est Emma Shore qui me l'a demandé.

– Emma Shore ?

– Oui, la fille de Julianne Shore. C'est une copine.

– Adam, je te promets que si tu me fais marcher...

– Je te jure que c'est vrai ! l'interrompt-il. Je la connais depuis l'année dernière, lorsque j'ai participé à la Riviera Race avec Clotilde.

– Oui, tu m'en as parlé. Et cette Emma et toi étiez proches ?

Adam repart en espérant que le temps qu'elle le rattrape, Sarah ne l'aura pas vu rougir.

– Nous nous sommes embrassés. Rien qu'une fois. Euh, non, deux fois.

– Une fois ou deux ?

– Deux, mais nous ne sommes pas vraiment sortis ensemble, quoi.

– Et tu es resté en contact avec elle ?

– Plus ou moins. Lorsqu'elle m'a appelé l'autre jour, cela faisait des mois que je n'avais pas eu de ses nouvelles. Elle a pensé à moi parce que sa mère lui a parlé du sujet du film.

– Et elle t'a donc invité à la rejoindre, annonce froidement Sarah.

– Elle m'a proposé un travail. Et j'ai accepté.

– Tu as bien fait, dit-elle d'un ton sec.

Un bus démarre près d'eux et Adam attend que le bruit de son moteur se soit éloigné pour parler.

– Je voulais juste te prévenir que je serai absent quelques jours, mais que je serai de retour avant la fin des vacances.

– D'accord.

– Et j'espère qu'on pourra passer du temps ensemble.

– D'accord, répète Sarah de façon automatique.

Puis, après un instant de silence, elle poursuit :

– Tu voulais surtout me dire que tu partais rejoindre une ancienne petite amie américaine qui, si elle est au moins à moitié aussi belle que sa mère, doit être sublime et que tu espères que ta petite amie française sera là quand tu reviendras.

– Elle n'a jamais été ma petite amie, se défend Adam. Et j'aurais vraiment aimé passer toutes les vacances avec toi. Mais… je n'ai pas pu refuser cette proposition.

– Tu as bien fait. J'étais sérieuse quand je te l'ai dit.

– Je ne sais pas si j'ai bien fait, mais je voulais que tu saches ce qu'il en était. Emma ne représente rien à mes yeux. Enfin, simplement une amie. Et je ne vais pas là-bas seulement pour la voir. Je suis censé travailler et participer au tournage d'un film. C'est une opportunité unique, non ?

– Je suis contente pour toi, mais j'ai quand même une petite boule au ventre depuis cinq minutes. San Francisco, Justin Baker. La fille de Julianne Shore *que tu as embrassée deux fois*. J'ai l'impression de ne pas être à la hauteur.

– Tu crois vraiment que j'aurais demandé à mon frère de m'emmener dans cette Twingo pourrie si tu n'étais pas à la hauteur ?

Sarah se tourne vers lui et lui sourit.

– Justement. Dans quelques jours, tu te feras conduire en limousine.

– Peut-être, dit Adam sans parvenir à dissimuler que cette idée l'amuse. Mais je m'en fiche. Ce qui est important, c'est ce que tu m'as dit tout à l'heure. Et que je ressente la même chose.

– De quoi tu parles ? demande Sarah.

– Tu m'as dit que tu m'aimais.

– Ah bon, tu es sûr ? rétorque-t-elle, à moitié sérieuse.

– Oui. Sûr. Et il faut que tu saches une chose. Moi aussi, je t'aime.

Le sourire qui illumine le visage de Sarah convainc Adam qu'il a trouvé les mots justes. Et que parfois, faire preuve de sincérité est la meilleure voie à suivre.

Sarah se penche vers lui, lui prend la tête à deux mains et l'embrasse fougueusement.

– Tu es certain que je t'ai dit que je t'aimais ? demande-t-elle en le regardant dans les yeux.

– À cent pour cent, lui répond-il aussitôt. Mais j'ai aussi noté que tu trouvais que Justin Baker était beau gosse.

Elle se redresse et éclate de rire. D'un mouvement de la tête, elle repousse une mèche blonde puis plisse légèrement les yeux.

Sarah, comment ne pas t'aimer ?

CHAPITRE 3

En avion, le trajet de Paris à San Francisco dure plus de onze heures. Pour la première fois de sa vie, Adam voyage seul et il a l'impression de ne jamais s'être senti aussi libre, aussi adulte.

Il profite du vol pour dormir, écouter de la musique (Beverly, ce nouveau groupe de Brooklyn, et le dernier Twin Shadow), regarder des films proposés par la compagnie (*Captain America : le soldat de l'hiver* et *Without Light*, un thriller franco-canadien) et lire (le nouveau roman de Manon Fargetton). Finalement, le voyage s'est déroulé assez vite. Il n'a même pas eu le temps d'écouter les podcasts de Kevin Smith qu'il avait téléchargés sur son portable.

Le débarquement se fait sans encombre. Habitué aux usagers en fauteuil, le personnel de la compagnie et de l'aéroport l'aide avec un professionnalisme dénué d'affectation. Son « deux-roues », comme il l'appelle parfois, l'attend sur le tarmac et tout le parcours pour rejoindre la salle où récupérer sa valise se déroule sans problème.

Une fois son bagage posé sur ses genoux, il doit faire la queue une dizaine de minutes pour passer la douane américaine et arrive enfin dans le terminal international de l'aéroport de San Francisco.

– Adam ! Youhou ! résonne une voix féminine enjouée.

Il se retourne dans sa direction et découvre une jeune fille rousse qui lui fonce droit dessus en courant, les bras levés. Elle se jette sur lui et l'embrasse sur la joue.

– Hé, salut Emma ! dit-il en riant.

– Comme je suis contente de te revoir, lance son amie avant d'enchaîner sans reprendre son souffle : Ça va ? Tu as fait bon voyage ?

– Oui, tout va bien, répond-il, encore décontenancé par cet accueil.

– Hello, lui lance une femme plus âgée, mais tout aussi rousse, qui suit sa fille.

– Euh, bonjour, madame, la salue le hacker en anglais. Merci d'être venue m'accueillir.

Julianne Shore le gratifie d'un sourire froid, l'exact opposé de celui d'Emma, et tourne les talons.

– Allons-y, dit-elle. On nous attend sur le tournage.

Sa fille adresse un haussement de sourcils à Adam et laisse l'actrice s'éloigner avant d'ajouter :

– La mauvaise humeur de madame Shore est légendaire, ici. Elle est à cran au début d'un tournage. Et maintenant que j'y pense, à la fin aussi…

Les deux adolescents s'élancent à la suite de Julianne Shore et traversent le hall de l'aéroport.

Adam remarque les regards qui se tournent vers l'actrice. Tout le monde semble la reconnaître et elle ne paraît pas s'en rendre compte. Trop habituée, sans doute.

– Comment va ta sœur ? demande Emma.

C'est vrai qu'elle aussi croit que je suis le frère de Clotilde. Et si elle connaît mes talents de hacker, elle ignore que je les mets parfois au service de la DGSI.

– Bien. Très prise par son travail. Je ne lui ai pas dit que je venais, d'ailleurs. Elle aurait tenu à m'accompagner.

– Tu devrais te réjouir d'avoir une grande sœur protectrice. J'ai toujours regretté d'être fille unique.

– Disons que niveau protection, je suis déjà bien servi avec ma mère.

– Ta mère ? Elle t'a pourtant laissé venir sans problème, non ?

– Parce que je ne lui ai pas dit qu'il s'agissait d'un tournage de film. Elle sait que je me débrouille devant un ordinateur, mais elle n'imagine pas le dixième de ce que je peux faire. Et je préfère qu'elle reste dans l'ignorance.

– Alors que lui as-tu raconté pour justifier ton voyage ?

– Je lui ai fait signer un papier envoyé par le rectorat m'autorisant à effectuer un séjour linguistique. Une sorte de voyage scolaire pour les bons élèves.

– Et elle a marché ?

– Ma mère n'irait jamais imaginer que son petit dernier est capable de fabriquer un faux document.

– Allons, ne traînez pas, lance Julianne Shore, lorsqu'ils atteignent le parking souterrain de l'aéroport.

Emma pousse un soupir exaspéré et Adam accélère. Il arrive au niveau de l'actrice et lui parle, dans un anglais correct, malgré son accent français prononcé :

– Merci de m'avoir offert la possibilité de travailler sur votre film, madame.

– Ce n'est pas *mon* film, mais celui de Paul Way, le réalisateur et scénariste. Et tu n'as pas à me remercier, dit Julianne Shore avec un sourire artificiel. Emma m'a assuré que tu étais tout à fait capable d'assurer le rôle de consultant. J'espère ne pas être déçue.

Une fois installés dans la Ford Focus, la mère et la fille devant et Adam à l'arrière, ils s'engagent dans le trafic d'une matinée banale de la banlieue de San Francisco.

– Où va-t-on ? demande Adam en anglais.

– À San José, sur le lieu du tournage, dans une maison d'un quartier pavillonnaire, lui répond Julianne Shore.

– En revanche, je ne sais pas si je pourrai rester avec toi, dit Emma en français. J'ai cours toute la semaine.

– Ne t'en fais pas, je m'en sortirai sans toi.

– Je n'en doute pas. Je ne voudrais pas que tu croies que je te laisse tomber, mais je ne suis pas vraiment en vacances. Je vais devoir bientôt rentrer à New York.

– Pas de problème, je te jure. Je savais bien qu'il s'agissait de travailler sur un tournage et pas simplement de te rendre visite.

– D'ac, conclut Emma en se concentrant de nouveau sur la route.

– Et puis, tu sais, ajoute Adam, je n'ai pas encore eu l'occasion de te le dire, mais... j'ai une copine, en France.

La jeune fille se retourne vers lui avec un sourire rayonnant.

Sa mère, concentrée sur sa conduite, ne paraît pas suivre leur conversation.

– C'est vrai ? Super. Contente pour toi. Elle s'appelle comment ?

– Sarah, répond Adam, surpris de sa réaction.

Que la jeune fille se réjouisse sincèrement pour lui simplifie la situation, mais blesse un peu son ego.

Adam se serait bien vu comme un Don Juan, un tombeur, un bourreau des cœurs devant qui les filles se pâment.

– Tu as un copain toi aussi ? demande-t-il.

– Non, répond-elle aussitôt. J'essaye de sauver mon année scolaire. C'est ce que je me dis, en tout cas, pour ne pas me lamenter. En vérité, je ne rencontre aucun garçon qui me plaise vraiment.

Adam reste silencieux, mais se rappelle qu'il n'y a pas si longtemps, dans le tumulte de la Riviera Race, elle l'avait trouvé à son goût. Puis qu'elle était rentrée chez elle, aux États-Unis…

– Si seulement tu n'habitais pas si loin, conclut-elle sans que le hacker arrive à déterminer si elle est sérieuse ou si elle se fiche de lui.

Cela dit, s'il y a quelqu'un capable de faire marcher un paralysé, c'est bien elle, se dit Adam.

⁂

Une demi-heure plus tard, la voiture de Julianne Shore se gare devant une maison grise à un étage, typique d'un lotissement américain. Sur la pelouse bien taillée, une dizaine de personnes s'affairent. Certains tirent des câbles à l'intérieur ou portent des boîtes noires dont le contenu reste un mystère pour Adam, tandis que trois ou quatre autres boivent du café près d'une table à tréteaux couverte de pâtisseries. Deux longues caravanes garées un peu plus bas dans la rue paraissent incongrues, verrues argentées perturbant la géométrie du lotissement.

Lorsque l'actrice descend de sa Ford, une femme, cheveux courts, lunettes en écaille et tenue décontractée, sort de la maison et fonce sur elle, un document à la main.

– Je te laisse t'occuper d'Adam, lance Julianne Shore à sa fille. Je vais répéter mon texte.

Une fois son ami installé hors de la voiture, Emma lui fait signe de se diriger vers la maison.

– Tout le monde doit être à l'intérieur. Allons-y, je vais te présenter.

La villa est tellement truffée de matériel indispensable au tournage qu'il est difficile d'y circuler. Surtout en fauteuil.

Le hacker accepte l'aide de son amie. Elle le pousse par-dessus les câbles qui traînent au sol et entre les éclairages. Ils naviguent entre des caméras et des appareils dont Adam ignore le nom et la fonction. Ils croisent des techniciens qui s'affairent, sûrs d'eux. Tout le contraire du hacker qui, en cet instant, se sent comme un poisson hors de l'eau et se demande ce qu'il fait ici. Il aimerait arrêter un membre du tournage et lui demander à quoi sert tel appareil ou avec quelle focale on utilise telle caméra. Mais il n'est pas là pour apprendre : c'est lui qui est censé dispenser son savoir. Même s'il a l'impression d'être le plus ignorant du tournage.

Ils parviennent enfin dans une pièce au fond de la maison.

Une loge, comprend Adam en découvrant des miroirs entourés d'ampoules et les tables couvertes de lotions et de poudres. Une jeune femme aux cheveux en pétard qui rappelle au Français la coiffure d'Edgar Vaillant, le hacker de la DGSI, maquille Julianne Shore. L'actrice lit son scénario, imperturbable. Derrière elle, deux hommes sont en pleine conversation. En découvrant Emma, l'un d'eux se tourne vers elle.

– Hé, salut, la plus belle. Tu nous honores enfin de ta présence.

Justin Baker, qu'Adam a tout de suite reconnu, la serre dans ses bras. Grand, brun et mince, l'acteur frappe le hacker par sa voix grave. Habitué à regarder la série dont il est une des vedettes en version française, Adam n'a quasiment jamais entendu son vrai timbre. La forme de son visage aussi paraît s'être modifiée. Sans doute parce qu'il ne porte pas la perruque qui fait de lui le fils rebelle de Lord Lark dans *Steel Throne*. Dans sa chemise marron et son jean bleu, il est loin du personnage qui l'a rendu célèbre et lui a valu le rôle principal de cette grosse production.

– Et je vous amène un expert, dit Emma. Voici Adam Verne, mon ami français.

– Ah, le spécialiste de l'informatique, lance Baker en lui serrant la main. C'est toi le petit génie que je devrai interroger en cas de doute, c'est ça ? J'espère que tu auras réponse à tout.

– Je suis là pour ça, répond Adam dans un anglais hésitant, légèrement impressionné.

– Pour les questions concernant le script, je préférerais que tu t'adresses à moi, intervient l'autre homme en posant une main sur l'épaule de l'acteur. Paul Way, je suis le réalisateur, se présente-t-il à Adam.

La cinquantaine, plus petit que Baker, légèrement dégarni et les joues recouvertes d'une barbe poivre et sel, il rappelle au Français, sans qu'il sache très bien l'expliquer, l'acteur Richard Dreyfus, dans *Les Dents de la mer*.

– Enchanté.

– Tu as pu lire le scénario ? demande-t-il de but en blanc.

– Oui, répond Adam.
– Et alors ? Ton avis d'expert ? Il y a des erreurs sur la partie informatique ? Des contresens sur le hacking ?
– Non, c'est plutôt bien vu. Quelques détails me gênent, mais pas grand-chose. Je vous en parlerai le moment venu.
– Mes recherches ont payé, dit Way, presque pour lui-même, avant de poursuivre, à l'adresse d'Adam : On t'a briefé ? Tu as tes horaires sur le plateau, les clefs de ton hôtel ?
Pris au dépourvu, le Français hésite à répondre.
– Euh, non… Pas encore.
– Pff, peste le réalisateur. Je croyais qu'il devait avoir une assistante. La prod a insisté. Où est-elle ?
Comme si on venait de lui donner un signal pour entrer en scène, une jeune femme apparaît dans la loge.
– Je suis là.
Elle contourne Emma et se place entre Way et Adam.
– Désolée. Je ne savais pas que tu étais arrivé, explique-t-elle au Français. Britta Chaykin. Je serai ton assistante sur le tournage.
Adam serre la main qu'elle lui tend et découvre une blonde aux yeux marron et au joli visage carré. Elle porte un tee-shirt moulant sur lequel est écrit « Jimmy Eat World » et qui fait ressortir ses courbes. Le teint hâlé, le corps souple, elle donne l'impression d'être une femme d'action, sportive, dans une forme éblouissante.

– Je… j'ai une assistante ? s'étonne Adam à voix haute. Mais, pourquoi ?

Britta hausse les épaules.

– En cas de besoin, je suis là pour t'aider. D'ailleurs, je vais te chercher ton planning, dit-elle en quittant la loge.

En quelques minutes, la pièce se vide. Maquillage terminé, Julianne Shore et Justin Baker partent rejoindre le réalisateur sur le plateau. Adam se retrouve seul avec Emma.

– Non mais c'est du délire, lui confie-t-il. J'ai une assistante ? Ils ont peur qu'un handicapé ne s'en sorte pas, c'est ça ?

– Bah, répond son amie, il n'y a rien d'anormal. Sur les tournages, on cherche à faciliter la vie de tout le monde.

Face au regard circonspect d'Adam, Emma reprend :

– Tu n'as aucune idée de ce qu'est Hollywood. Ici, même les assistants ont des assistants.

– Désolée, ton planning n'était pas prêt, lance Britta en revenant en trombe dans la pièce. J'ai demandé à quelqu'un de l'imprimer.

– Qu'est-ce que je te disais ? conclut Emma en s'efforçant de rester sérieuse.

CHAPITRE 4

– Alors, ce burger ? demande Justin Baker à Adam.

– Pas mal, répond le Français.

Attablé dans un petit restaurant du centre de San Francisco, le *Balboa Cafe*, en compagnie de l'acteur, d'Emma et de sa toute nouvelle assistante personnelle Britta, le hacker vient d'avaler la première bouchée du sandwich dont Justin lui a vanté les mérites cet après-midi.

L'endroit, avec ses meubles en bois usé et son long bar, ressemble davantage à une brasserie parisienne qu'à un établissement américain.

– Pas mal ? s'étonne l'acteur. Excellent, oui. Le meilleur burger du monde. Mes parents adoraient venir ici. Ils m'emmenaient souvent.

– Tu habitais dans le coin ? interroge Emma.

– San Rafael. Un endroit idyllique. Mais où l'on s'ennuie profondément lorsqu'on est ado. Toi, tu as toujours vécu à Paris ?

Toute la journée, entre chaque prise, l'acteur a discuté avec Adam. Il lui a posé de nombreuses questions sur sa vie en France, sur sa passion pour l'informatique, sur les cercles de hackers qu'il fréquente, sur les piratages qu'il a déjà réalisés. Adam lui a répondu le plus honnêtement possible, en omettant ses missions pour les services secrets. Il ne s'agissait pas, pour l'Américain, de faire la conversation, il s'imprégnait ainsi de son rôle de hacker emporté dans un complot gouvernemental qui le dépasse.

– Oui, répond Adam. Enfin, à côté de Paris. Avec ma mère et mon frère.

– Et ta sœur, ajoute Emma, surprise qu'il l'ait oubliée.

– Clotilde est partie de la maison très tôt.

– Ton père ? demande Justin.

– Mort. Quand j'étais petit. Un accident de voiture. J'étais à l'arrière quand c'est arrivé, depuis je me balade en fauteuil.

L'acteur acquiesce doucement en pinçant les lèvres. Comme s'il ne voulait rien dire de déplacé, mais désirait tout de même afficher sa compassion.

– Tu lui as raconté le coup de l'ascenseur ? lance brusquement Emma, désireuse de changer de sujet. Adam arrive à se servir d'une cabine d'ascenseur comme d'un téléphone.

– Oui. Je lui en ai parlé, mais je réserve ce tour aux filles.

Elle sourit et incline la tête.

– Quel privilège j'ai eu.

– Alors qu'est-ce que tu peux me montrer, là, tout de suite ? demande Justin.

– Oui, que serais-tu capable de pirater dans le restaurant ? ajoute Britta.

Adam réfléchit un instant en regardant autour de lui, puis désigne l'iPhone de l'acteur, posé sur la table.

– Si tu permets, je peux fouiller dans le contenu de ton téléphone. Sans le toucher.

– D'accord, dit Justin.

Adam sort son portable, un Samsung fonctionnant sous Android, et commence à tapoter dessus.

– Tu vas passer par le Bluetooth, un truc dans le genre, propose l'acteur.

– Pas du tout. Pour l'instant, je cherche ta date de naissance. Et voilà. 26 décembre 86. Merci Wikipédia. Et ensuite, j'aurais juste besoin de ton e-mail. j.baker@glassmail.com, c'est ça ?

– Mon mail perso ? Non, c'est jbakeroscopus@glassmail.com.

– Super, merci. Mais pourquoi me l'as-tu donné ?

– Parce que tu me l'as demandé.

– Et c'est une raison suffisante ? Tu as déjà commis la première erreur. On peut faire beaucoup de choses à partir d'un mail. Il ne faut pas le dévoiler à quelqu'un en qui tu n'as pas confiance.

– Oui, mais toi, je te connais.

– Je viens de te dire que j'allais pirater ton iPhone, bon sang ! Et tu me facilites la tâche.

Amusé, Justin lève les mains.

– Tu as raison, je suis coupable, je ne dévoilerai plus rien.

– Bien, dit Adam. Bon, à partir de là, je vais sur la page d'identification de glassmail et je peux voir le mail de secours que tu as entré.

Le hacker, concentré sur son téléphone connecté au net via le Wi-Fi du bar, tape à toute vitesse sur l'écran.

– L'adresse en question est dissimulée, poursuit-il, mais on peut la deviner facilement à ce stade, non ? j***********s@me.com. C'est le même identifiant que ton glassmail, je parie : jbakeroscopus.

Face à lui, Justin sourit, visiblement impressionné.

– Si tu as un compte « me » relié au cloud d'Apple, je devrais arriver à voler toutes les données sans problème. Bon.

Adam travaille sous le regard attentif d'Emma, Britta et Justin, victime consentante.

– Un site d'adresses de stars et hop, je sais où tu habites, dit le Français à l'acteur. Avec ton adresse et ton mail, je vais récupérer les derniers chiffres de ton numéro de carte bancaire. Bon, les choses sérieuses commencent maintenant.

Les trois autres se penchent légèrement pour l'écouter, captivés.

– Tu as déjà acheté sur Amazon, non ? demande Adam à Justin.

– Je ne dis plus rien.

– Oui, je suis sûr que tu as déjà acheté sur Amazon. Je vais appeler le service client pour le prévenir que je veux ajouter un numéro de carte de crédit à mon compte. Bien sûr, il s'agira de ton compte. Pour vérifier mon identité, ils n'ont besoin que du nom de la personne, de son adresse de facturation et de son mail. Ensuite, je leur donne un faux numéro de carte parmi la liste que j'ai de disponible. On en trouve facilement sur certains sites spécialisés. Il suffit qu'il soit crédible. Et ils vont l'ajouter à mon compte.

Adam compose alors un numéro sur son téléphone et une fois le service client d'Amazon en ligne, il ajoute, comme il vient de le décrire, un numéro de carte après s'être identifié comme étant Justin Baker.

– Parfait, et ensuite ? interroge l'acteur. À quoi ça te sert ?

Adam reprend son téléphone et recompose le dernier numéro. Pendant qu'il est mis en attente, il explique.

– Je rappelle et je prétends que je n'arrive plus à me connecter à mon compte. J'ai besoin qu'ils me connectent avec un nouveau mail que je vais leur fournir. Pour vérifier mon identité, cette fois, ils vont me demander mon nom, mon adresse de facturation et mon numéro de carte de crédit. Ça tombe bien, je viens de leur en donner un.

– Malin, dit Britta, impressionnée.

Aussitôt après son second coup de fil, Adam recommence à tapoter sur son téléphone.

– Cette fois, je me connecte à ton compte Amazon avec le nouveau mail que je viens de faire enregistrer. Je peux donc voir le numéro de ta véritable carte de crédit. Si je voulais, je pourrais acheter n'importe quoi, mais ce n'est pas le but.

Justin hoche la tête. Il n'en revient pas.

– Avec les quatre derniers numéros de ta carte, je vais appeler le service client d'Apple et expliquer que je ne peux pas me connecter à mon compte. Eux, pour vérifier mon identité, n'ont besoin que de mon mail qui se termine par me.com et des quatre derniers chiffres de ma carte. Ils m'attribueront un nouveau mot de passe pour me connecter et...

Adam colle son téléphone à l'oreille et effectue ce qu'il vient de décrire. Deux minutes plus tard, il raccroche et se remet au travail sur son Samsung.

– Bon, dit-il enfin. J'ai sous les yeux toutes les photos contenues sur ton iPhone. Et même celles que tu as effacées, d'ailleurs. Elles ont été toutes sauvegardées sur le service de stockage en ligne d'Apple, le cloud.

– Comment ? demande Justin. Fais voir.

Adam lui passe son téléphone.

– J'ignorais que tu étais sorti avec Cassie Malone, dit-il en souriant.

L'acteur regarde la photo sur l'appareil du hacker.

– Incroyable, dit-il, avant de lui rendre son téléphone. Mais efface ça, hein, s'il te plaît. Je ne voudrais pas que ça se sache.

– Attends, je n'ai pas vu, lance Emma en riant.

Adam lui montre l'image. Justin y serre dans ses bras et embrasse dans le cou l'actrice connue pour son rôle dans la série *Second Time Around* tandis qu'elle prend un *selfie*.

Justin lui lance un regard noir.

– Ne partagez pas cette photo, hein, les jeunes ! Son mari ne serait pas content s'il la voyait.

Britta jette un regard épaté à Adam.

– Tu donnes des cours ? demande-t-elle.

⁂

– Quoi ? Une assistante ! s'étonne Sarah.

– Oui. Il paraît que c'est fréquent à Hollywood et que même les assistants ont des assistants.

Depuis plus d'une heure, Adam, allongé sur le lit de sa luxueuse chambre de l'hôtel Hilton d'Union Square, parle avec Sarah sur Skype. Il est tard pour lui, plus de minuit, mais pour elle, en France, c'est le milieu de la matinée. Il lui a raconté en détail ce qu'il a fait depuis son arrivée à l'aéroport et elle l'a assailli de questions.

– La vie a l'air vraiment dure.

– Tu n'imagines pas, dit-il en bâillant.

– Il est l'heure que tu dormes, non ? La journée a été longue.

– Oui. Mes yeux se ferment tout seuls. Je te rappelle demain, d'accord ?

– D'ac. Je t'embrasse, dit Sarah en souriant.

– Moi aussi. À demain.

Adam coupe la communication et un petit bruit de bulle qui éclate jaillit des baffles de son PC portable. Il referme l'écran, laisse retomber sa tête contre l'oreiller, ses pensées partagées entre Sarah et la journée incroyable qu'il vient de vivre à San Francisco.

CHAPITRE 5

Quelques heures plus tard, Adam est réveillé par un coup de téléphone de Britta. Elle l'attend dans le hall de l'hôtel. Après une douche rapide, il la rejoint et part avec elle, à bord de la petite Toyota que la production a mise à sa disposition. Ils traversent le Financial District, le quartier des affaires, puis accèdent enfin à des endroits plus typiques de la ville telle que le Français se l'imaginait. Rues en pentes, maisons victoriennes colorées (les fameuses *painted ladies*), ne manque plus que le Golden Gate Bridge, mais San José se situe au sud de la ville, à l'opposé du célèbre pont suspendu.

Après une demi-heure sur une autoroute à quatre voies, ils arrivent enfin devant la maison où le tournage de *White Hats*, le film de Paul Way, a déjà commencé. Britta accompagne Adam dans le salon de la villa et le Français assiste à une scène entre Julianne Shore et Justin Baker. Ils jouent une mère et un fils qui s'affrontent.

Lui est dépassé par des événements auxquels il a pris part contre son gré, sur fond d'espionnage et de hacking, elle ne lui parle que de ses études à l'université, de son manque de sérieux, de ses problèmes de communication. Certaines répliques donnent l'impression à Adam qu'il assiste à une mise en scène, légèrement exagérée, de sa propre vie.

En trois heures, la scène, d'une importance capitale si l'on en croit le réalisateur, est terminée. Les deux acteurs ont répété des dizaines de fois les mêmes dialogues pour offrir à Way l'authenticité et l'intensité qu'il recherchait.

Une fois sorti du plateau, Justin Baker vient saluer Adam. Paul Way les rejoint, agité.

– Nous allons avoir besoin de toi, Frenchie. Va dans la chambre. On y tourne la prochaine scène. Le décor est prêt. J'ai demandé aux accessoiristes de préparer l'ordinateur pour qu'il affiche des lignes de code crédibles, mais je ne suis pas certain du résultat. Tu peux vérifier ?

Adam hoche la tête et s'élance vers la pièce en question. Lorsqu'il y entre, la similarité avec sa propre chambre l'effraie un peu : lit défait, posters de groupes à la mode et affiche du *Jeu de la mort*, le dernier film de Bruce Lee, étagères remplies d'exemplaires de la revue *Wired*, de DVD et de romans de science-fiction et, au fond, contre un mur, un « poste de commande » digne du sien, comprenant deux écrans, un de 22 et l'autre de 28 pouces, reliés à une unité centrale PC posée par terre. Les hackers se ressemblent-ils tous à ce point ou s'agit-il d'un hasard ?

Quoi qu'il en soit, ce décor est hyperréaliste. Les accessoiristes ont fait du bon travail... jusqu'à un certain point.

Lorsqu'il arrive devant le grand écran allumé, Adam n'en croit pas ses yeux. Le langage informatique qui y est affiché n'a rien de crédible, comme l'avait demandé le réalisateur. Il s'agit, d'après ce qu'en saisit le Français, d'un morceau de code d'un programme sous Linux, sans doute trouvé sur Internet par quelqu'un ne sachant pas faire la différence entre du html et du CDuce.

Sans attendre, Adam ouvre une nouvelle fenêtre et se lance dans la rédaction d'un petit script qui, sans être opérationnel, ressemblera davantage à ce dont est capable un hacker.

– Que fais-tu ? lui demande Britta qui vient de le rejoindre.

– Mon travail, lui explique-t-il. J'essaie de rendre moins ridicule ce qui est affiché à l'écran.

Une voix forte résonne à cet instant, les prévenant de l'arrivée de Way.

– Les lumières sont en place ? On tourne dans vingt minutes ! Scène 28, le hacking.

Puis il s'approche d'Adam.

– C'est bon, Frenchie ? Tu t'en sors ?

– Ce sera bon dans vingt minutes, ouais. J'ai dû tout reprendre à zéro.

– Parfait, merci, dit le réalisateur avant de repartir en hurlant des ordres à des techniciens.

– Tu as besoin de quelque chose ? propose Britta. Café ? De quoi manger ?

– Ça va merci, j'irai au *catering* lorsque j'aurai fini. Tu sais si Emma passe sur le tournage, aujourd'hui ?

– Aucune idée. Je peux demander à sa mère, si tu veux.

– Non, merci. Elle me préviendra j'imagine, dit Adam sans cesser de taper sur le clavier.

– Que fais-tu, exactement ? l'interroge Britta en regardant par-dessus son épaule. Tu hackes un site pour de bon ?

– Non, rétorque Adam, surpris de sa question. Ce n'est que du cinéma.

⁂

– Il n'y a rien de flamboyant, de spectaculaire dans le hacking, explique Adam à Justin Baker et Paul Way dans la loge de maquillage.

– C'est exactement mon approche, dit le réalisateur. C'est long, difficile et pas sexy.

– Exactement, confirme Adam. Et sans doute plus complexe que vous l'imaginez. Même si parfois de simples astuces et des coups de fil pertinents permettent d'obtenir plus d'informations qu'une attaque frontale sur un serveur, par exemple.

– Si tu avais vu la démonstration que nous a faite Adam, hier, dit Justin à Way, tu n'en reviendrais pas.

– J'ai beaucoup lu sur le *social engineering*, précise ce dernier, et il y a d'ailleurs une scène du film où le personnage de Justin charme une secrétaire au téléphone pour obtenir un numéro de poste dans une grande entreprise. Ce numéro lui sert ensuite à se faire passer pour un employé de la boîte en question.

– Parfait, dit Adam. Cette scène est crédible. Il faudrait simplement que Justin donne un faux e-mail à l'en-tête de l'entreprise pour être sûr de convaincre son interlocutrice.

– Noté. Mais pour la scène qui nous intéresse, la première où l'on voit les talents de hacker de Justin et celle qui déclenche les événements de l'intrigue, j'ai besoin de quelque chose de sobre, d'explicite : un jeune homme devant son ordinateur qui passe la nuit à taper sur son clavier pour s'amuser à pénétrer sur un site du gouvernement.

– J'ai fait ça, dit Adam en se rappelant la façon dont il a exploité une faille du site du ministère de l'agriculture américain, des mois plus tôt.

Justin lance au Français un petit sourire complice et Way déclare :

– Je veux filmer la passion, l'intensité du travail, cette folie qui semble prendre les hackers lorsqu'ils ont découvert un trou de souris par lequel ils peuvent s'infiltrer. Je sais comment le montrer sur le visage de Justin, sur sa posture devant l'écran, mais...

Le réalisateur réfléchit un instant puis s'adresse à Adam :

– Fais voir tes mains !

Le hacker obéit et le regard de Way passe alternativement des doigts d'Adam à ceux de Justin Baker.

– Ça ira, conclut-il.

Il se retourne et chuchote quelques mots à l'oreille de la maquilleuse.

– Cassandra va préparer tes mains, annonce-t-il ensuite à Adam. Tu serviras de doublure à Justin et tu taperas les lignes de code que l'on verra à l'écran, OK ?

– D'accord, s'exclame Adam, ravi de figurer lui aussi dans le film.

Six heures plus tard, l'enthousiasme d'Adam est retombé. Il a attendu deux heures que les gros plans et les plans moyens sur Justin soient terminés avant de se mettre au travail. Et là encore, près d'une heure de réglages a été nécessaire pour que la lumière sur le clavier, sur ses mains et sur l'écran convienne enfin au directeur de la photographie et au réalisateur.

Finalement, sous l'œil de deux caméras, une pour ses doigts, l'autre filmant le résultat de ce qu'il tape sur l'ordinateur, il a commencé à travailler. Et a fait naître sur l'écran des dizaines de lignes de code pour former un script réaliste, mais comportant quelques failles afin qu'un spectateur ne puisse le copier à la faveur d'un arrêt sur image sur la version DVD de *White Hats*.

Way lui a fait recommencer des dizaines de fois, lui demandant de taper parfois plus vite, parfois plus lentement, d'afficher un écran quasi rempli, ou parfois presque vide. Au bout d'une heure, le réalisateur s'est éclipsé, laissant le soin à son assistant de terminer la séquence avec Adam.

Désireux de se couvrir, et afin que son patron ne lui reproche rien, celui-ci a encore exigé du Français de refaire des dizaines de plans.

Totalement transporté à l'idée de participer au film, Adam a vite déchanté. Processus monotone et répétitif, son rôle ne lui a apporté aucun frisson. Au contraire, il a fini par s'ennuyer sérieusement. Et lorsque l'assistant de Way l'a enfin libéré en le remerciant pour son travail, il a poussé un profond soupir de soulagement.

– Tu as passé l'après-midi à faire ça ? lui demande Emma en français en venant à sa rencontre lorsqu'il quitte le plateau de tournage.

– Oui, répond-il avec une grimace. Un cauchemar.

– Tout ça pour trois secondes à l'écran, dit-elle le plus sérieusement du monde. S'il ne coupe pas la scène purement et simplement.

– Ne parle pas de malheur. Tu m'accompagnes dehors ? J'ai besoin de prendre l'air.

Emma le suit à l'extérieur.

– Tu ne travailles pas demain, d'après ce que m'a dit Britta. Du coup, je me suis permis de te prévoir une activité.

– Tu veux me faire jouer au touriste, c'est ça ? Visite de San Francisco ?

– Non, bien mieux, annonce Emma avec un petit air de mystère. J'ai demandé à Justin de t'arranger une visite VIP chez Glasser, à Mountain View.

Le visage d'Adam s'illumine.

– C'est vrai ? C'est génial. Et tu viens avec moi ?

– Non, malheureusement, j'aurais bien aimé, mais c'est impossible. Britta t'accompagnera.

– Je ne perds pas au change.

– Hé, fais attention à ce que tu dis, lance Emma en montrant le poing.

Adam se demande ce qu'il a fait pour mériter une amie aussi attentionnée. Elle a mis dans le mille avec sa visite de Glasser. Quel passionné d'informatique, tout hacker qu'il soit, ne rêverait pas de passer une journée sur le campus de la plus grosse entreprise mondiale du Web ? De baigner dans l'ambiance d'émulation et d'avancées technologiques incroyables de Glasser ?

– Merci beaucoup d'y avoir pensé, Emma, dit sincèrement Adam.

CHAPITRE 6

Le lendemain matin, après une soirée calme où Adam, épuisé par le décalage horaire et sa journée de travail, a dîné seul dans sa chambre avant de converser, via Skype, avec Sarah, il se retrouve, comme la veille, dans la Toyota de Britta Chaykin, son assistante.

– De San José à Mountain View, tu vas finir par connaître la Silicon Valley de fond en comble, lui dit-elle.

Adam acquiesce, songeur, en regardant par la fenêtre. Dès la sortie de la voie rapide, il se sont retrouvés sur Excelsior Parkway, une des routes qui délimite le campus de Glasser, le Glasserplex. Il découvre des espaces verts parsemés de vastes bâtiments modernes de deux ou trois étages. Des bornes rectangulaires, séparées de quelques centaines de mètres, indiquent que ces immeubles appartiennent à Glasser.

L'entreprise ne s'est pas contentée d'y installer ses bureaux et ses laboratoires, elle a aussi marqué le territoire, comme les Romains le faisaient sur les routes des pays conquis. Le campus s'étend sur 18 000 mètres carrés et des milliers d'employés y travaillent chaque jour.

Adam connaît un peu l'histoire de la firme montée par Serguei Fry et Larry Margin, au départ simple moteur de recherche devenu peu à peu un des géants mondiaux des communications planétaires.

Glasser est désormais incontournable, un élément essentiel du monde moderne. Qui ne s'est jamais servi de Glasser Maps ou de Glasser Earth, ou même simplement du moteur de recherche originel ?

Grâce à ses milliards d'utilisateurs, l'entreprise profite d'une hégémonie qui la place en situation de quasi-monopole.

Sa connaissance intime de tout un chacun, l'accumulation de données qu'elle possède sur les humains de la planète pourraient, entre de mauvaises mains, transformer le sympathique géant des communications en hydre dangereuse.

– Sans GPS, impossible de se repérer dans ce labyrinthe, fait remarquer Britta, tirant Adam de sa rêverie.

– En effet, répond-il sans quitter le paysage des yeux.

La Toyota double des vélos et croise, à la grande surprise d'Adam, une Glasser car, un de ces prototypes de voiture sans pilote que développe la firme.

Ils découvrent aussi un minibus, service de navettes gratuites offert par l'entreprise, permettant aux employés qui habitent à San Francisco de se rendre au bureau. Dans les reportages qu'a lus le hacker sur le Glasserplex, les conditions de travail semblent idylliques. Tout est fait pour faciliter la vie : cafétérias gratuites, espaces détente, salle de massage, billards, tables de ping-pong. Mais il n'est pas dupe, il imagine bien que ce confort n'est pas gratuit. En échange, Glasser exige de ses employés qu'ils travaillent sans compter, avec passion et fidélité. On vise à libérer leur créativité.

L'esprit d'entreprise ainsi créé bénéficie à tous. Mais surtout aux actionnaires de Glasser...

Britta gare sa voiture devant un bâtiment à la façade de verre et annonce :

– Voilà. C'est ici.

Adam s'installe dans son fauteuil et ils entrent dans l'immeuble principal du Glasserplex. À l'accueil, une jeune femme leur demande de patienter. Un jeune homme portant une chemise à carreaux, un jean et arborant une fine moustache les rejoint quelques instants plus tard.

– Bonjour, je m'appelle Greg Park. Je vais vous servir de guide pour la journée, si vous le voulez bien.

Adam le salue et le suit. Comme il s'en doutait, le campus est parfaitement adapté aux personnes en fauteuil. Rampes d'accès, ascenseurs, rien ne manque. Greg lui fait d'abord visiter le bâtiment principal et lui présente certains ingénieurs qui y travaillent. Le hacker échange avec un des informaticiens en charge des programmes d'indexation du moteur de recherche, qui semble épaté par ses connaissances.

– Prends ma carte, lui dit ce dernier en lui tendant un rectangle plastifié sur lequel sont inscrites ses coordonnées. Si jamais tu cherches un stage en entreprise, tu seras le bienvenu ici.

Adam n'en croit pas ses oreilles et continue la visite en s'imaginant travailler sur le campus. Il quitterait le matin son appartement en colocation dans le centre de San Francisco et prendrait la navette, adaptée aux fauteuils, bien évidemment. Puis il passerait ses journées à travailler sur des projets novateurs avec des collègues aussi jeunes et passionnés que lui. Comme le lui a expliqué Greg, il disposerait de vingt pour cent de son temps libre pour développer ses propres projets qui pourraient être ensuite récupérés par l'entreprise. Cet espace laissé à l'innovation a permis l'éclosion de Glasser News et du système de messagerie Glassmail et Adam se voit déjà inventer un programme révolutionnaire de navigation internet ou intégrer une équipe qui plancherait sur une nouvelle gamme d'objets connectés.

Et il y a l'esprit Glasser. Toutes ces blagues, ces poissons d'avril, ces traits d'esprit lorsqu'on tape certains mots dans le moteur de recherche, tous ces petits riens qui sont la marque d'une entreprise qui semble incarner à elle seule l'idée d'amusement.

On travaille dans la bonne humeur chez Glasser. Adam s'imagine sans problème ajouter de petits clins d'œil de ce genre dans son travail. Greg, leur guide dans les locaux, leur a détaillé quelques *easter eggs*, bonus cachés amusants qui parsèment l'expérience des utilisateurs du site. Lorsqu'on tape « *askew* », par exemple, qui signifie « de travers » en anglais, dans la barre de recherche, la fenêtre de réponse est légèrement penchée. Dans le module *street view* de Glasser Earth, on peut voir un TARDIS, le vaisseau spatial et temporel de la série *Doctor Who* dans une rue de Londres. En y entrant, on visite même le plateau de tournage. Il existe également une version de Glasser en klingon, la langue des méchants de Star Trek. Comme si tous les employés étaient des farceurs, des passionnés de science-fiction que les patrons encourageaient à s'éclater dans leur travail.

Adam se sentirait chez lui, ici. En découvrant, en compagnie de Britta et Greg, les divers projets sur lesquels s'affairent les développeurs, en déjeunant avec de jeunes employés rencontrés par hasard dans une des cafétérias gratuites du campus, il a l'impression d'avoir découvert l'endroit rêvé où il pourrait laisser ses talents d'informaticien s'épanouir. Ici, il serait entouré de ses pairs, de hackers comme lui, de véritables passionnés qui partagent la même culture, les mêmes références, la même ferveur.

Une partie d'Adam n'est pourtant pas dupe de ces aspects idylliques. Il sait que derrière le charme de l'entreprise, un charme soigneusement travaillé pour attirer les gens comme lui, se cache une idée du monde qui n'est pas forcément la sienne. Une volonté de transformer la planète, d'imposer ses points de vue à toutes les cultures, un désir d'hégémonie qui pourrait, à terme, être dangereux pour la démocratie.

D'une certaine façon, le campus Glasser, avec ses immeubles sans âme, ses allées proprettes et ses employés souriants, ressemble au village de Portmeirion dans *Le Prisonnier*, la série des années 60 : un décor impeccable cachant des drames en coulisse.

Après le repas, Greg les emmène dans un bâtiment un peu à l'écart, simple immeuble de brique rouge à un étage, sans signe particulier. Dans la cour devant sa porte, une fontaine banale gargouille et des rangées de vélos sont alignées.

– En général, les visiteurs n'ont pas le droit de pénétrer dans ce laboratoire dont les recherches sont secrètes. Mais apparemment, être ami avec Justin Baker offre des passe-droits. J'ai envoyé un SMS pour prévenir de notre arrivée.

– C'est ce que je crois ? demande Adam. C'est Glasser X ?

Greg se contente de sourire et ouvre la porte avant de leur faire signe d'entrer. Le hacker qui, jusqu'ici, avait réussi à masquer son enthousiasme, ne prend plus la peine de faire semblant. Tout le contraire de Britta qui, depuis le début de la journée, paraît s'ennuyer copieusement.

La décoration du hall d'entrée est moderne, austère, industrielle. À gauche, une grande salle *open space* abrite des dizaines de bureaux et des salles de conférence. Sur la droite, la cafétéria self-service, visible derrière une immense baie vitrée, est surmontée d'un panneau indiquant que l'endroit est réservé aux seuls employés de Glasser X. Le laboratoire top secret n'a, jusqu'ici, rien de mystérieux ni de flamboyant.

– Je vais vous laisser poursuivre avec ma collègue Magda Gundoltra, annonce Greg une fois à l'intérieur. Elle dirige un des projets.

Une jeune femme, petite, enveloppée, cheveux bruns coupés au carré et lunettes d'écaille, surgit dans le hall d'entrée du bâtiment.

– Adam, c'est ça ? dit-elle en lui tendant la main. Magda.

– Enchanté et voici Britta, mon assis… elle m'accompagne, explique le hacker.

– Suivez-moi. Je n'ai pas l'autorisation de vous montrer les autres projets, mais vous allez pouvoir tester une partie de mes recherches.

Ils prennent tous les trois un ascenseur vers le sous-sol et Adam regarde son assistante, intrigué. *Comment peut-elle rester aussi stoïque ?*

– Tu te rends compte, lui dit-il. Glasser X ! Le laboratoire des projets fous de Glasser. C'est ici qu'ont été développés les Glasser Glass et les Glasser Cars. On y travaille aussi sur un système de livraison par drone, sur l'ADN humain et sur l'intelligence artificielle.

D'après les rumeurs, un robot qui réussit le test de Turing à 93 % aurait été créé dans ce bâtiment.

– Super, lâche Britta en levant un pouce avec un entrain simulé.

– Tu ne sais pas la chance que tu as, ajoute-t-il avant de s'adresser à Magda. Et sur quoi travaille ton équipe ?

– Un nouveau casque de réalité virtuelle…

– Comme l'Oculus Rift ?

À la sortie de l'ascenseur, la jeune femme se retourne vers Adam.

– Non, dit-elle sur un ton sérieux. Pas exactement comme l'Oculus Rift. Notre réalité virtuelle n'est pas seulement visuelle, elle immerge tous les sens du plongeur, ou presque, dans un nouveau monde.

Adam laisse alors échapper un « waouh » à la fois admiratif et incrédule.

– Je vais vous expliquer tout ça puis tu testeras par toi-même, poursuit Magda en ouvrant une porte vers une petite pièce sombre. Tu préfères le ski hors-piste à Gstaad ou le surf à Venice Beach ?

Gypsy Jokers

CHAPITRE 7

– Tout va bien ? demande Britta dès qu'Adam a coupé la communication.

– Oui, oui, répond-il d'une voix chevrotante, encore choqué par la vue d'Emma bâillonnée sur l'écran de son téléphone. C'est... simplement un pote qui m'a envoyé une vidéo débile.

La Californienne acquiesce et démarre. Adam croise les bras pour lui dissimuler ses mains tremblantes.

Il y a quelques minutes à peine, il surfait au large de Venice Beach, les embruns et le soleil sur le visage, ses jambes fonctionnant de nouveau. Du rêve au cauchemar en un clin d'œil.

À une différence près. Tout ce qu'il a cru vivre à la plage et dans l'océan, grâce à la technologie mise au point par l'équipe de Magda, n'était qu'une illusion ; son cerveau était trompé par divers stimuli. Tandis que l'enlèvement d'Emma, son visage bâillonné et la peur qu'il a lue dans ses yeux sont réels.

Son amie est en danger. Et Adam est bien décidé à tout faire pour l'aider.

L'homme encagoulé à la voix déformée lui a donné des instructions précises avant de raccrocher. Le hacker va recevoir un morceau du code d'un virus qu'il devra améliorer, rendre polymorphique, c'est-à-dire capable de se modifier seul, pour qu'il soit moins facile à repérer. Adam n'a aucune idée des motivations précises de ce mystérieux commanditaire, et encore moins de la façon dont il l'a repéré aux États-Unis. Mais l'image d'Emma qui hante son esprit lui offre une certitude : il va obéir à la lettre à ses exigences.

De retour à l'hôtel, Adam prend congé de Britta en la remerciant de l'avoir accompagné et monte directement dans sa chambre. Là, il allume son PC portable et vérifie ses e-mails. Un message d'un expéditeur inconnu contient une partie du virus.

Le hacker entame l'examen du code : très complexe et capable de s'infiltrer partout. S'il y ajoute ce que le ravisseur d'Emma exige, ce ver pourrait représenter une grosse menace. Mais quel est le but exact de ce virus ? Récupérer des données ? Servir de *backdoor* pour prendre le contrôle de certains postes à distance ? Adam l'ignore, mais il sait qu'il représente une menace importante pour la sécurité des informations de tous ceux qui seraient infectés.

Quelqu'un peut peut-être l'aider. Après tout, le ravisseur n'a pas exigé qu'il travaille seul.

Adam prend son téléphone et appelle Clotilde Weisman, l'agente de la DGSI avec qui il a accompli ses deux dernières missions. Pas de réponse. Il raccroche sans laisser de message et compose un numéro qu'il connaît par cœur.

Après quelques sonneries, une femme répond, en français :

– Allô ?

– Bonjour, je voudrais parler à mademoiselle Weisman.

– Un instant... Désolée, elle n'est pas là. Je peux prendre un message ?

Adam sait que ce numéro de téléphone ne doit pas servir à parler de sujets sensibles, ce n'est que la ligne publique pour joindre l'immeuble de la DGSI de Levallois.

– Est-ce que je pourrais parler à Edgar Vaillant ?

– Oui, qui dois-je annoncer ?

– Adam.

Un petit clic et le hacker se retrouve en communication avec un des meilleurs informaticiens des services secrets.

– Allô ?

– Salut Edgar, c'est Adam, j'ai besoin d'aide.

– Salut, répond l'agent, surpris. Que se passe-t-il ? Où es-tu ?

– Je suis à San Francisco. Et j'ai des problèmes.

Edgar marque une pause.

– Rien de grave, j'espère ?

Sa voix est nettement moins chaleureuse. Adam hésite un instant. Doit-il lui raconter ce qui vient de se produire ? Lui parler du virus sur cette ligne non sécurisée ?

– Si, enfin c'est compliqué. C'est un problème de… je ne crois pas que je puisse te l'expliquer au téléphone.

– Tu n'es pas en mission ?

– Non.

– Tu m'appelles d'une cabine ? D'un téléphone qu'on t'a prêté ?

– Non, répond Adam. De mon portable.

Le hacker devine plus qu'il n'entend le soupir d'Edgar.

– Le protocole m'oblige à couper la communication, explique calmement l'agent de la DGSI. La ligne n'est pas sécurisée. Tu comprends ?

– Oui, dit Adam.

– Je te fais confiance pour me joindre autrement, ajoute Edgar.

– D'accord.

Clic. Adam pose son téléphone sur le lit et se met aussitôt à taper sur le clavier de son ordinateur. Établir une connexion sécurisée avec Edgar ne devrait pas être compliqué. Il n'en a pas le temps, on frappe à sa porte.

– Entrez.

La silhouette sportive de Britta se coule à l'intérieur.

– Qu'est-ce que tu fais là ? Tout va bien ? lui demande-t-il.

– Oui. Mais toi, tu as des ennuis.

Adam la regarde en écarquillant les yeux.

– Et si tu veux sauver ton amie, poursuit Britta, il faut m'écouter et faire ce que je dis.

Britta est bel et bien une agente de la CIA. Adam n est presque persuadé désormais. Elle semble sûre 'elle, possède des informations qu'une simple assis- nte ne pourrait obtenir.

Même s'il s'agissait d'un piège visant à faire tra- iller Adam sur le virus, quel rôle pourrait-elle jouer -dedans ?

Pour l'instant, il doit collaborer. En attendant d'en pprendre davantage.

– Que doit-on faire ?

– Je vais m'occuper de gérer la crise. Mes supé- eurs sont prévenus. Il ne faut surtout pas que la esse apprenne que la fille de Julianne Shore a été levée. Si un journaliste se mettait à enquêter, cette faire prendrait une ampleur incontrôlable. De ton té, il faut que tu montres au ravisseur que tu obéis. vas travailler sur son virus, l'aider à le rendre invi- le comme il te l'a demandé.

D'accord, mais s'il s'en sert ?

Tu ne peux pas introduire une commande, un ipt, un de ces trucs de pirates dont tu as le secret, ur arrêter le virus ?

dam répond immédiatement :

Oui, c'est faisable, mais ce serait voyant. Si le isseur s'y connaît assez pour avoir créé ce ver, il apercevra tout de suite.

Essaie simplement de garder une porte de sortie ente de gagner du temps.

Il m'a laissé quarante-huit heures. Et si je ne ds pas le virus dans les temps…

CHAPITRE 8

– Mais qui es-tu en réalité ? demande Adam à son assistante qui vient de s'asseoir à côté de lui sur le lit de sa chambre d'hôtel.

– Je m'appelle Britta Chaykin et je travaille pour la CIA.

Adam est alors assailli par un tourbillon de pensées.

La CIA ? Encore une fois je me retrouve dans un jeu d'espions.

Comment la CIA a-t-elle découvert aussi vite l'enlèvement d'Emma ? Et comment se fait-il que cette fille, si elle appartient vraiment à la CIA, soit mon assistante depuis mon arrivée ?

Il n'a pas besoin de réfléchir longtemps pour obtenir un début de réponse.

Je suis certainement fiché par les organismes de renseignement américains depuis mes missions pour la DGSI. Les agents secrets s'espionnent tous entre eux.

Comme si je pouvais vraiment prendre des vacances dans un pays aussi surveillé que les États-Unis sans échapper à ses systèmes d'écoute...

Adam s'efforce de remettre ses idées en place. De ne pas céder à la paranoïa. Il est seul, dans un pays étranger, face à une situation dont il ne comprend pas tous les tenants et les aboutissants, et n'a personne à qui se fier, sinon lui-même. L'heure n'est pas aux doutes, aux questions inutiles et aux pensées parasites. Il s'agit de réfléchir, de s'assurer de certains faits et de réagir en conséquence.

Une seule chose compte désormais : sauver Emma.

– Si tu travailles pour la CIA, il y a de fortes chances que tu ne t'appelles pas Chaykin...

Elle secoue la tête.

– Et peut-être même pas Britta, reprend Adam.

– Pour l'instant, ce nom fera l'affaire.

– Comment es-tu au courant pour Emma ? Et pourquoi es-tu mon assistante sur le film ?

– Tu es connu de notre agence, comme de tous les services secrets des alliés de l'OTAN depuis ton escapade à Londres avec ta collègue de la DGSI.

Adam acquiesce. Elle est bien informée.

Elle dit peut-être vrai. Ou elle le manipule. Comment savoir ?

– Et nous avons été prévenus de ton entrée sur le territoire. Mon supérieur m'a donc envoyée sur le tournage pour déterminer la raison de ta venue. J'allais lui faire mon rapport et lui expliquer qu'il n'y avait pas de mission cachée, pas d'entourloupe de

la part des Français et que tu étais v
aider Emma Shore qui n'est pas au c
activités.

Britta se tait un instant.

– Enfin, n'était pas au courant, rep
doit se poser des questions, désormais

– Que sais-tu sur ce qui lui arrive ?
sitôt Adam.

– Rien de plus que toi. Ton portable
depuis ton arrivée aux États-Unis,
tèmes de la NSA. Il faut bien que nos
soient utiles. Et j'ai reçu, il y a quelq
rapport sur votre communication vid
je sais, c'est qu'Emma a été enlevée.
dont nos services ne sont pas parven
trace.

– Vous avez tout essayé ?

– Je laisse faire les experts. Je sui
terrain. Si l'on me dit que celui q
parfaitement dissimulé, je n'ai pas
douter. Nos services secrets sont
monde.

Adam n'en croit pas ses oreilles.
Jamais Clotilde n'aurait prétendu c
DGSI.

– Les États-Unis font l'objet d'i
chantages et d'attaques informatiq
des décennies, reprend Britta. Nou
sérieux cet enlèvement et cette tent
sur un hacker de haut rang.

– Fais de ton mieux, dit Britta en se levant. Je m'occupe du reste. Je te donne des nouvelles bientôt.

– Attends, lance Adam lorsqu'elle arrive à la porte.

– Oui ? répond l'agente de la CIA en se retournant.

– Emma est prisonnière par ma faute. Elle n'a rien à voir avec le hacking ou l'espionnage. Il faut la sortir de là.

– Je sais, lui assure Britta. Nous allons tout faire pour ça. Je te l'ai dit : nos services sont les meilleurs du monde.

Elle quitte la chambre. Adam se retrouve seul.

CHAPITRE 9

– C'est bon ? demande Edgar. La connexion est sécurisée cette fois ?

– Avec toutes les couches de protections quantiques et de fausses IP, celui qui pourrait remonter jusqu'à moi ou écouter notre conversation n'est pas né, lui répond Adam.

Ils se parlent via un logiciel de messagerie audio cryptée auquel le hacker a ajouté des modifications de son cru. Assis sur le lit, un casque sur les oreilles, Adam imagine Edgar Vaillant dans son bureau de la DGSI, entouré d'écrans et d'unités centrales. Il préférerait se trouver là-bas, à Levallois, dans cette pièce suffocante à cause de la chaleur émanant des ordinateurs, plutôt que seul ici, dans cette chambre d'hôtel anonyme de San Francisco.

– Bien, alors explique-moi tout, dit Edgar.

Adam lui raconte en détail son voyage en Californie, le tournage de *White Hats*, la visite à Mountain View et termine en lui parlant du virus et de Britta Chaykin, l'agente de la CIA.

– Toi, au moins, quand tu t'attires des ennuis, tu ne fais pas semblant, dit Edgar lorsque le hacker a achevé son récit.

– Qu'est-ce que je dois faire, selon toi ?

– À mon avis, tu ne dois surtout pas aider le ravisseur.

– Emma est pourtant en danger ! s'exclame Adam.

– Je sais. Mais tu m'as dit que la CIA était sur le coup, non ? Et on ne peut pas exclure qu'ils essaient de te tester ou de te manipuler. De ton côté, tu ignores la finalité de ce virus, mais apparemment, ce n'est pas du boulot d'amateur. Il vaudrait mieux ne pas participer à une entreprise criminelle, ni collaborer à ton insu avec des services secrets étrangers, tu ne crois pas ?

– Je... hésite le hacker. Je ne sais pas. La vie d'Emma est en danger.

– Nous ignorons les capacités réelles de ce ver. Il pourrait causer des morts. S'il permet à des terroristes de contrôler des réseaux de transports ou des installations nucléaires, je n'ai pas besoin de te faire un dessin.

Edgar se tait un instant, comme pour laisser travailler l'imagination d'Adam.

– Je ne te demande pas d'abandonner ton amie. Mais simplement de ne pas collaborer avec son ravisseur. Commence par m'envoyer le morceau du code du ver en ta possession et je vais voir ce qu'il est possible de faire.

– Est-ce que je pourrais parler à Clotilde ? Je crois que ça me ferait du bien.

– Clotilde n'est pas là, rétorque Edgar. Et pour être tout à fait honnête, je n'ai aucune idée de l'endroit où elle se trouve.

– En mission ?

– Je l'ignore. En vacances ou sur la lune. À moins qu'elle ne travaille plus ici. Tu sais comment ça se passe, tout le monde est muet comme une carpe. Le culte du secret.

– Si tu as de ses nouvelles, tu pourrais lui dire de m'appeler ? demande Adam d'une voix tremblante.

– Promis. En attendant, je fais un rapport à Delacour et j'essaie de voir comment t'aider au mieux. Méfie-toi tout de même des services américains. On ne sait pas ce qu'ils veulent vraiment. Mais ne t'en fais pas, OK ? Nous sommes là.

– Non, vous n'êtes pas là, rétorque le hacker au bord des larmes.

– Ça va aller.

– J'espère, souffle-t-il.

Adam se met au travail. Il a commandé un repas au *room service*, mais y touche à peine. Emporté par le code, pris dans le labyrinthe du virus qu'il doit modifier, il ne voit pas les heures passer. La nuit s'écoule sans qu'il ressente la fatigue. Malgré le contexte, le ver, ou plutôt la petite partie du ver sur laquelle il travaille, le fascine. Et malgré les circonstances, il doit bien reconnaître qu'il se sent à son aise.

Introduire sa patte et faire de ce virus un mutant capable de prendre plusieurs formes et de se modifier pour passer inaperçu est un défi intellectuel qui le ravit. Même s'il répugne à cette tâche, la partie d'Adam passionnée d'informatique se sent comme un poisson dans l'eau. Elle excelle. Cruelle dichotomie.

Au fil des heures, il fait quelques découvertes intéressantes. La forme que prend le ver, pour ce qu'il peut en juger, semble indiquer qu'il s'agit d'un virus qui se propage sur des ordinateurs infectés pour voler des données. Mais sa cible n'est pas clairement identifiée. Il ne semble pas conçu pour les systèmes d'exploitation actuels ni pour s'en prendre aux informations contenues sur les disques durs.

Par déduction, Adam en conclut que le virus cherche à récolter des infos sur les réseaux ou sur les clouds, ces systèmes de stockage de données en ligne que proposent désormais toutes les grosses entreprises qui vendent du matériel relié à Internet.

Après une ultime vérification, et en comparant le ver à la structure du cloud de Glasser, le hacker croit comprendre que l'attaque vise spécifiquement l'entreprise de Mountain View. Une attaque à grande échelle pour voler les données des milliards d'utilisateurs du moteur de recherche et de son système de stockage. Le plus grand chantage de tous les temps. Et tout le monde deviendrait une cible potentielle.

Des révélations sur les comptes en banque cachés d'un chef d'État pourraient déstabiliser un pays.

Faire pression sur le PDG d'une grosse entreprise en menaçant de dévoiler des photos privées en galante compagnie suffirait à influer sur le cours de la bourse. Edgar ne se trompait pas beaucoup avec ses scénarios-catastrophe. La menace est immense, planétaire.

Le temps presse. Il faut avancer et faire muter ce virus. Le code polymorphique qu'il parvient à créer en quelques heures est magnifique. Habilement intriqué au ver, il va lui permettre de passer d'un ordinateur à l'autre sans être repéré. Un chef-d'œuvre dont Adam serait très fier en d'autres circonstances.

La première partie de sa mission est accomplie. Il a satisfait aux exigences du ravisseur. Et le simple fait de le savoir le réconforte. Si les choses tournent mal, il pourra toujours rendre son travail à celui qui a enlevé Emma pour sauver la jeune fille. Malgré les recommandations d'Edgar. Et quelles que soient les conséquences pour Glasser. Et c'est justement à ça qu'il doit s'attaquer désormais : introduire, dans le virus, un moyen d'arrêter sa propagation, de le mettre hors d'état de nuire, voire de s'autodétruire. Le tout, en dissimulant parfaitement ce mini-script.

Un casse-tête impossible. Ceux qu'Adam préfère.

Le soleil s'est levé lorsque le hacker reçoit un coup de fil de Britta. Il est presque neuf heures, mais il se sent bien, concentré sur sa tâche. Pour l'instant, son travail a tenu la fatigue à l'écart. Il n'en est pas à sa première nuit blanche. Combien de fois est-il resté éveillé jusqu'au petit matin pour finir un jeu ou pour mettre la dernière main à un script dont il a eu l'idée ? Il sait pourtant que tout se paye : lorsque la fatigue le rattrapera, elle sera sans pitié.

– Allô, Britta ? dit-il en décrochant. Quelles sont les nouvelles ?

– Elles sont plutôt bonnes, répond l'agente qui, comme lui, n'a sans doute pas dormi de la nuit. Mais toi d'abord, où en es-tu ?

– J'ai presque fini. Je n'ai pas encore réussi à dissimuler un morceau de code pour arrêter le virus, mais j'ai bon espoir. Il me faudrait quelques heures de plus, je pense.

– Très bien. De mon côté, j'ai une piste pour retrouver Emma. Nous avons fait appel aux forces de la police locale et un agent nous a fait part d'une information intéressante. Un de ses indics lui a parlé d'un groupe de bikers de la baie de San Francisco, les Gypsy Jokers. L'un de leurs membres se serait vanté d'avoir enlevé la fille d'une actrice connue.

– Ce qui correspond à Emma, dit Adam en masquant son enthousiasme. Vous n'avez pas traîné à retrouver sa piste.

La CIA est décidément très forte. Ou elle tire les ficelles.

– Nous n'en savons pas plus, mais c'est prometteur. Je vais me rendre, tout à l'heure, dans un bar de bikers qui sert de quartier général aux Gypsy Jokers et essayer d'en apprendre un peu plus.

– Je viens ! s'exclame Adam sans réfléchir.

– Ouh là, je comprends que tu veuilles aider. Il n'en est pourtant pas question. Il ne s'agit pas d'une promenade de santé. Je ne vais pas me contenter d'entrer dans le bar et de poser des questions à la cantonade. Je vais devoir m'infiltrer, me faire passer pour une bikeuse et trouver celui qui a le plus de choses à me dire.

– Et la présence d'un Français en fauteuil roulant ne va guère t'arranger, c'est ça ?

– Tu as tout compris.

– Mais je veux participer, je veux aider.

Et j'ai surtout envie de savoir quel rôle joue vraiment la CIA. Cherchent-ils à me tenir à l'écart ?

– Tu fais déjà ta part sur le virus. Je n'ai pas besoin de toi. Tu me gênerais plus qu'autre chose.

– Je veux venir, insiste Adam, en colère. Je peux t'assister si ça tourne mal.

Un silence s'installe à l'autre bout du fil, puis :

– Il y aura un van de surveillance en renfort. Cela va à l'encontre de toutes les procédures, mais j'essaierai de m'arranger pour que tu y prennes place.

– Ça me va, dit le hacker.

– Bien, à cet après-midi, lance Britta avant de raccrocher.

Adam compose le numéro de Clotilde Weisman.

Pas de réponse.

Il ne laisse pas de message.

CHAPITRE 10

Deux hommes viennent chercher Adam peu après l'heure du déjeuner. Le duo – cheveux très courts, jean, lunettes de soleil et petit blouson de cuir marron – ne diffère que par les couleurs de ses chemises : vert pomme pour celui qui se présente sous le nom d'Andrew et bleu clair pour son collègue, Matthew. Avec leur stature et leur démarche similaire, il est difficile de les distinguer.

Ils descendent une rampe pour faire monter le hacker à l'arrière d'un van dont les flancs affichent le nom et l'adresse d'une entreprise de plomberie de San Rafael. À l'intérieur de la camionnette, aucun outil, pas la moindre échelle, mais une grande console composée d'un clavier, de nombreuses prises et fiches, plusieurs moniteurs de surveillance miniatures surmontés de deux écrans d'ordinateur de 22 pouces.

Adam bloque les roues de son fauteuil et s'attache avec des sangles prévues à cet effet lorsqu'il sent le véhicule démarrer. Moins de dix minutes plus tard, la porte arrière du van s'ouvre et un des deux agents fait signe au hacker de sortir. Une apparition digne d'une publicité racoleuse ou de la série télé *Sons of Anarchy* l'attend en bas de la rampe.

Britta, fermement campée près d'une Harley-Davidson étincelante, retire ses grosses lunettes de soleil aux verres marron. Ses longs cheveux blonds s'agitent lentement lorsqu'elle rejette la tête en arrière en repoussant une mèche de son visage. Les yeux maquillés de noir et du rouge sur les lèvres, elle semble plus agressive, plus carnassière.

– Salut Adam, dit-elle avec une assurance que le hacker lui découvre. Que dis-tu de ma nouvelle tenue ?

Il la détaille de la tête aux pieds. Les deux premiers boutons de sa chemise à carreaux rouge et blanc, nouée sur le ventre pour laisser apparaître son nombril, s'ouvrent sur un décolleté plongeant. Elle porte un short en jean très court et des bottes en cuir noir, à talons, qui remontent presque jusqu'à ses genoux.

– Une parfaite bikeuse, dit Adam, abasourdi par une telle transformation.

– Tu penses que nos amis des Gypsy Jokers vont mordre à l'hameçon ?

– Tout dépend si tu sais piloter cette Harley…

– D'après toi, champion ?

D'un geste souple, Britta enjambe la selle et démarre la moto. Le moteur V-twin part dans un fracas assourdissant, un ronflement qui, bien que mécanique, semble vivant, hanté. Celui d'une bête féroce.

– J'ai un micro sur moi et une petite caméra intégrée à mes lunettes, précise-t-elle. Vous pourrez suivre ce qui m'arrive.

Adam acquiesce.

– L'idée est de ne pas faire de vagues. Si j'arrive à obtenir les informations et à repartir sans dommage, c'est parfait. Dans le cas contraire, mes deux collègues sont là en soutien. Toi, quoi qu'il arrive, tu restes dans la camionnette. Tu as le droit d'écouter, mais tu n'interviens pas, d'accord ? Tu n'es qu'un passager, pas un acteur.

– Compris, dit le hacker.

– Bien.

D'un geste vif du poignet, elle fait rugir le moteur puis passe une vitesse et s'éloigne sur le tonnerre mécanique. Adam la regarde partir, les cheveux dans le vent.

– Il faut y aller, lance une voix dans son dos.

Celle d'Andrew ou de Matthew. Comment savoir ?

⁂

Après le départ du van, Adam se retrouve à l'arrière avec un des agents. Andrew, sans doute.

Oui, c'est ça, Andrew.

Enfin, probablement.

– Où allons-nous ? demande le hacker en prenant bien soin de ne pas l'appeler par son prénom.

– La Honda. Un petit bled entre la Silicon Valley et la côte. Dans un bar de bikers qui s'appelle l'*Apple Jack's*.

– La Honda, répète Adam. Ce nom me dit quelque chose.

– C'est là qu'habitait Ken Kesey, l'auteur de *Vol au-dessus d'un nid de coucou*, lui rappelle Andrew. C'est de sa cabane dans les bois qu'est parti le bus des Merry Pranksters, le groupe de jeunes hippies qui a traversé tous les États-Unis jusqu'à New York.

– Mais oui, c'est ça ! L'épopée racontée dans *Acid Test* de Tom Wolfe, j'adore ce bouquin.

– Tu l'as lu ? s'étonne Andrew.

– Bien sûr, rétorque Adam. D'ailleurs, c'était Neal Cassidy qui conduisait le bus en question.

– Le type que Jack Kerouac a mis en scène sous le nom de Dean Moriarty dans *Sur la route*, oui, je savais. Tu croyais que j'étais analphabète ? Que je ne connaissais pas les classiques de la littérature américaine ? J'ai fait Princeton.

– Ouah, dit le hacker, impressionné.

– J'ai commencé comme analyste avant de subir l'entraînement pour devenir agent de terrain.

– « Subir l'entraînement », ça a l'air sympa.

– Pas vraiment, mais je m'amuse bien plus dans mon travail, maintenant. Malgré les risques.

Grâce à un des moniteurs de surveillance en noir et blanc qui filme l'extérieur de la camionnette, Adam peut suivre le trajet. Le van est désormais sorti de la ville et roule sur une voie rapide. Quelques minutes plus tard, il emprunte une petite route sinueuse, dans une zone forestière couverte d'immenses pins.

– Ces Gypsy Jokers, demande soudain le hacker, ils sont dangereux ?

– Jusqu'à un certain point. Ils font partie du club des 1 %, en tout cas.

– C'est-à-dire ?

– L'*American Motorcyclist Association* a un jour déclaré, suite à une émeute déclenchée par des bikers, que 99 % des motards étaient des citoyens respectueux des lois. Et certains gangs se vantent de ne pas appartenir à cette majorité, avec tout ce que cela implique.

– Ils se prennent pour des hors-la-loi.

– Oui, et certains le sont vraiment. Même si les badges 1 % qu'ils portent relèvent plus de la pose rebelle, il y a, parmi les membres des Gypsy Jokers, des individus très dangereux, des mercenaires prêts à tout pour de l'argent.

– Et Britta va s'en sortir seule, dans ce bar ?

– Tu ne la connais pas, hein ? Je n'ai aucune inquiétude pour elle, affirme Andrew.

Après une demi-heure de trajet supplémentaire, la camionnette s'arrête sur un parking destiné aux camping-cars des randonneurs qui viennent se balader en forêt. Andrew allume les écrans et vérifie les réglages. Ce que voit Britta, grâce à la micro-caméra installée dans ses lunettes, apparaît sur un des moniteurs. Elle est devant le bar, une grosse cabane en bois surmontée de lettres jaunes formant les mots *Apple Jack's*. Elle a garé sa moto au bout d'une rangée de deux-roues, en majorité des Harley-Davidson.

– Tu m'entends, Britta ? demande Andrew dans le micro-casque qu'il vient de mettre.

– Hu-hum, répond doucement l'agente.

– Nous sommes garés à deux cents mètres. Je te rappelle le mot de passe en cas de problème, si tu veux que nous intervenions : Bethy.

Adam met à son tour une oreillette. Il entend la voix de Britta qui murmure :

– Compris.

Puis le hacker perçoit la musique qui résonne dans le bar lorsqu'elle pénètre à l'intérieur. Du hard-rock.

Du sol au plafond, en passant par les tables, tout est en bois. Seuls des tabourets métalliques au rembourrage de simili-cuir noir disposés à intervalles réguliers devant le bar, sur sa droite, rompent l'uniformité du lieu. À gauche, face au comptoir, une table de baby-foot puis, un peu plus loin, un billard. Des plaques minéralogiques de divers États décorent les murs et le plafond, éclairés par des lampes aux néons sponsorisés par des marques de bières et de spiritueux.

Britta observe la salle de bar et Adam parvient à dénombrer une trentaine, peut-être davantage, de clients. Des bikers, presque exclusivement : vêtus de cuir ou de blousons en jean sans manches et de tee-shirts, tatoués, la plupart arborant une barbe fournie et des cheveux longs. Certains sont accoudés au bar, d'autres jouent au billard tandis que les derniers occupent le centre de la pièce, des pintes de bière à la main. Quelques femmes en pantalons de cuir ou jupes courtes et tee-shirts moulants les accompagnent, mais Adam n'en compte pas plus de cinq ou six.

Britta, avec sa chemise à carreaux au décolleté affriolant et son mini-short en jean, s'attire tous les regards. Les motards et leurs compagnes, sans aucune exception, la suivent des yeux lorsqu'elle s'approche du bar.

– Un whisky, lance-t-elle au barman.

L'homme à la moustache épaisse derrière le comptoir pose un verre devant elle et la sert.

– Merci.

– C'est pour moi, dit un biker au barman en venant se poster près de Britta.

– Merci, répète-t-elle en se tournant vers l'homme à la carrure massive et à la barbe grisonnante qui s'accoude au comptoir.

– On ne t'a jamais vue dans le coin. Qu'est-ce qui t'amène ici ?

– J'habite sur la côte. Je vais voir ma sœur un peu plus à l'est.

– Et tu te balades, comme ça, toute seule ?

– On dirait bien, ouais, répond Britta avant de désigner un des patchs collés sur la veste en jean de son interlocuteur. Les Gypsy Jokers, hein ? Mon copain m'a dit qu'il ne restait que quelques vieux spécimens de votre gang.

– Quoi ? s'étrangle le biker. Regarde autour de toi. Tous mes potes seraient des zombies ?

L'agente se retourne pour observer la salle et l'homme reprend :

– Ton copain... C'est quoi, un tocard de Devils Diciples ?

– Non, répond Britta qui a bien appris ses leçons. Il est avec les Market Street Commandos.

– Ah, ricane le biker, c'est rigolo parce que je croyais qu'ils n'existaient plus. Ils doivent se cacher pour ne pas nous croiser. Que fais-tu avec ces dinosaures ?

– Bah, tu sais, répond l'agente, j'aime bien faire des virées, de temps de temps, et Brian est gentil avec moi.

– Peut-être que tu pourrais faire une virée avec nous, un de ces quatre, euh...

– Britta, dit-elle.

– Moi, c'est Jeremiah, se présente le biker. Mes amis m'appellent Jerry.

– Et tu as beaucoup d'amis, Jerry ?

– Pas mal. Je suis le sergent de ce groupe, je m'occupe de la sécurité. Tout le monde me connaît dans la région, dit-il en se lissant la barbe. Mais j'ai aussi mon lot d'ennemis.

– Ouh, un vrai cador, dit Britta avec un soupir.

Adam, qui écoute la conversation, s'étonne de l'aisance avec laquelle elle s'est placée dans le rôle d'une jeune motarde écervelée et provocatrice.

– Les Gypsy Jokers ont besoin d'une sécurité ? poursuit-elle avec un air de fausse ingénuité. Vous vous contentez de vous balader le dimanche, non ? Vous n'appartenez plus au club des 1 %...

L'homme lui adresse un rictus assuré et relève une manche pour lui montrer le 1 % encadré dans un losange tatoué sur son biceps gauche.

– Joli tattoo, dit Britta. Mais qui ne prouve rien. Moi aussi, je suis tatouée...

– Et où donc ? demande Jerry en détaillant l'agente de la tête aux pieds.

Britta boit une gorgée de whisky.

– Tu aimerais bien le savoir, hein ?

L'agente repose son verre puis jette au biker un coup d'œil suggestif. Elle se tourne et se dirige vers la porte qui donne sur l'arrière.

Adam, dans le van, a l'impression de sentir le regard de Jerry suivre la démarche de Britta.

Dehors, dans une petite cour vide et ombragée, elle s'appuie contre une table et attend... quelques secondes seulement. Le motard la rejoint en déclarant, sûr de lui :

– Ces tatouages... Je suis curieux de voir ce qu'ils représentent.

– Viens, fait Britta avec un petit signe du doigt.

Elle le prend par le cou, approche la bouche de son oreille, et murmure :

– Il va d'abord falloir que tu me dises où vous avez emmené la fille que tes potes et toi avez enlevée.

À ces mots, Jerry se raidit. Trop tard. Britta, rapide comme l'éclair, est passée derrière lui en emportant son bras, qu'elle lui tord dans le dos. L'homme pousse un gémissement puis essaie de se libérer. Mais l'agente ne lui laisse guère le temps de se débattre...

Elle le pousse vers l'avant et lui plaque un genou dans le creux des reins. Il chute lourdement et elle raffermit sa prise sur lui. Appuyée de tout son poids dans son dos, elle le tient par le poignet qu'elle remonte presque jusqu'au niveau du cou. L'homme, le visage dans la terre battue, peste.

– Qu'est-ce que tu fous, espèce de salope ? Tu te prends pour qui ? Tu ne sais pas à qui tu t'attaques.

Dans la camionnette, Adam reste stupéfait de la rapidité et de la maîtrise dont a fait preuve l'agente.

– Ferme ta gueule, dit calmement Britta. Si tu hausses la voix, je te casse le bras. C'est compris ?

– O… Oui.

– Bien, maintenant, je veux une adresse.

– Mais de quoi tu parles, bordel ? Quelle fille ?

Britta relève un peu le bras du biker et un léger craquement se fait entendre.

– Aïe ! Arrête ! D'accord, d'accord… La fille de la rouquine, là, celle qui joue dans ce film, avec Matthew McConaughey…

– Ouais, exactement, c'est elle. Où est-elle ?

– Dans une baraque de Los Altos.

– L'adresse.

– Cherry Avenue, 379 Cherry Avenue.

– Tu ne mens pas, hein ? dit Britta en remontant encore légèrement son bras.

– Non, non… arrête.

Adam s'approche de l'écran qui lui relaie la scène. Il a du mal à le croire. Alors que le biker lui a dit ce qu'elle voulait savoir, Britta continue de…

Un bruit de branche sèche qui se brise résonne alors dans l'oreille du hacker, puis Jerry se met à hurler.

Brièvement, car l'agente lui cogne la tête contre le sol assez violemment pour l'assommer.

Elle se relève et époussette ses bottes, sans se presser. Par terre, le bras cassé de l'homme inconscient forme un angle inhabituel avec son dos, ses doigts reposant sur sa nuque.

Adam se tourne vers Andrew, choqué. L'agent hausse les épaules.

– Pourquoi elle a fait ça ? demande le hacker.

– Nous n'avons pas affaire à des rigolos. Elle ne prend aucun risque.

– Vous avez noté l'adresse ? s'inquiète Britta en retournant dans le bar.

– Affirmatif, répond Andrew.

L'agente traverse la salle et se dirige vers la sortie principale.

– Mince, dit-elle une fois dehors. Il va falloir se dépêcher.

– Qu'y a-t-il ? questionne son collègue dans le van.

– Un des gugusses des Gypsy Jokers m'a regardée d'un drôle d'air avant que je sorte. J'ai eu le temps de le voir se diriger vers la cour. Quand il va s'apercevoir que Jerry est dans les vapes, tous ses potes vont se lancer à ma poursuite.

Britta s'installe sur sa selle et démarre sa Harley.

– J'ai intérêt à ne pas traîner ici, reprend-elle.

– Nous te suivons avec la camionnette, dit Andrew. Je préviens une équipe. Qu'ils se rendent à l'adresse indiquée. Mais ils n'y seront pas avant une demi-heure...

Par-dessus le vrombissement du puissant moteur, elle lui répond :

– Espérons qu'il ne soit pas trop tard.

– Et que ce soit la bonne adresse, ajoute Adam.

– Crois-moi, dit l'agente, c'est la bonne.

Sur un des écrans de la camionnette, le hacker suit le point de vue de Britta. Elle passe devant le van. Mais lorsqu'elle regarde dans un de ses rétroviseurs, il découvre en même temps qu'elle une dizaine de motos qui viennent de démarrer devant le bar. Les Gypsy Jokers sont à sa poursuite.

– On a de la compagnie ! lance l'agente.

CHAPITRE 11

La camionnette pilotée par Matthew s'élance à son tour sur la route, derrière la horde sauvage des bikers aux trousses de Britta.

– C'est où Los Altos ? demande Adam à Andrew.

– Un peu plus au nord, entre Mountain View et Stanford.

– Mountain View, hein ?

Andrew acquiesce tout en suivant la poursuite des Gypsy Jokers sur l'écran.

– Certains ont des motos plus rapides que la sienne. Elle n'a que quelques longueurs d'avance, ils vont finir par la rattraper.

Le hacker s'approche d'un clavier de la console du van.

– Je peux m'en servir ?

– Pour quoi faire ?

– Nous sommes reliés au Net, non ?

– Oui.

– Mountain View m'a donné une idée… Je peux peut-être ralentir les poursuivants de Britta.

– Comment ?

– Nous avons sa position par GPS. Je vais essayer de placer des obstacles derrière elle puisque, avec la camionnette, nous ne les rattraperons pas.

Andrew jette un bref coup d'œil à Adam.

– Vas-y, dit-il, comme il s'adresserait à un enfant qui aurait demandé la permission de s'amuser avec un nouveau jouet.

Le hacker ne s'en soucie guère et se met à taper fiévreusement sur le clavier avec un objectif en tête : pénétrer sur le réseau de Glasser X.

C'est sans doute une déformation de hacker, mais la veille, dans le laboratoire de Magda Gundoltra, il n'a pas pu s'empêcher de l'observer lorsqu'elle se connectait sur son ordinateur.

La chercheuse n'avait aucune raison de se méfier de ce Français en visite dans ses locaux. Et le hacker n'avait aucune raison de retenir le login et le mot de passe qu'elle a entrés sur son poste. Mais glaner des informations, qui sont, pour la plupart, sans intérêt, est une seconde nature chez lui. Si on lui demandait son trait de caractère dominant et Adam avouerait qu'il s'agit d'un vilain défaut : la curiosité – cette envie de savoir qui le poussait à démonter ses jouets, enfant, ce besoin de tout connaître sur un sujet qui l'incite à lire des tonnes d'ouvrages et qui l'a sans doute lancé dans la voie du hacking.

Comme en ce moment.

Il parvient à accéder au réseau de Glasser X. Un nœud d'échanges d'informations, de données stockées qu'il va devoir traiter à vitesse grand V s'il veut parvenir à ses fins. À côté de lui, Andrew converse avec Britta.

– Il n'y a pas d'autre itinéraire que cette petite route dans la forêt avant une dizaine de miles. Tu vas devoir accélérer si tu ne veux pas qu'ils te rattrapent.

– Je suis à fond et je prends des risques dans tous ces virages en épingle, répond l'agente.

– Il faut que tu tiennes encore quelques minutes, j'envoie des renforts, annonce Adam.

– Des renforts, mais qu'est-ce que tu racontes ?

– Ah, ça y est ! lance le hacker avec un air triomphant. J'ai trouvé un moyen d'accéder aux serveurs des Glasser Cars.

– Quoi ? fait Britta.

– J'ai pénétré le réseau privé de Glasser X, explique Adam. C'est une longue histoire, mais disons que notre visite d'hier nous a bien servi. Tu sais que le laboratoire teste ses voitures sans pilote dans toute la baie de San Francisco...

Andrew, interloqué, se tourne vers le hacker qui poursuit :

– Je suis désormais capable de les localiser précisément grâce à leur positionnement GPS. Et je vois qu'il y a deux voitures à moins de dix minutes de l'endroit où tu te trouves.

– Tu penses pouvoir les attirer jusqu'à moi ?

– Bien sûr, dit Adam.

– Attends un peu, intervient Andrew. C'est bien joli tout ça, mais qu'est-ce que tu comptes faire avec ces bagnoles ? Je sais que ces voitures se conduisent toutes seules grâce à un ordinateur ultra perfectionné, mais il y a quand même quelqu'un derrière le volant, lors des tests.

– Ces véhicules sont les nouveaux modèles, explique Adam. Il ne s'agit plus des berlines des premiers tests, mais de petites voitures toutes rondes, minuscules. Elles n'ont plus de volant et n'emportent aucun conducteur.

– Et tu es au courant qu'elles ne roulent qu'à vingt-cinq miles à l'heure[1] ? Les motards les dépasseront sans problème. Elles ne serviront pas à grand-chose.

– Théoriquement, elles peuvent aller beaucoup plus vite. Il suffit de contourner les réglages actuels. Apparemment, dit Adam, les yeux rivés sur son écran, il y a quatre modes de déplacement, du plus prudent au plus agressif. Ce dernier restant quand même dans le cadre d'une conduite de Bisounours.

– Voilà, c'est bien ce qu'il me semblait, déclare Andrew.

Adam pianote en silence sur le clavier.

– Je peux aussi désactiver tous les modes et...

Il appuie sur une dernière touche, se tourne vers l'agent de la CIA et lui annonce, avec un sourire radieux :

– ... prendre les commandes des deux véhicules.

Andrew s'approche de lui et pose le regard sur l'écran coupé en deux. D'un côté une route vue à tra-

1. 40 kilomètres à l'heure.

vers un pare-brise, de l'autre une représentation schématique, comme filmée depuis un hélicoptère, de la Glasser Car en question. Le hacker a assigné certaines touches à des ordres spécifiques : il dirige la voiture avec les flèches du clavier, comme dans un jeu vidéo.

– Regarde, dit-il à Andrew. On dépasse les vingt-cinq miles à l'heure, là, non ? Nous sommes à plus de soixante…

L'agent reste figé, incrédule.

– C'est… c'est incroyable. Comment tu as fait ça ?

Adam hausse les épaules.

– Je vais te confier les commandes d'un autre véhicule. Je ne peux pas en diriger deux à la fois. Remets-toi devant ton écran.

L'agent obéit sans poser de questions et se retrouve face à son clavier, à piloter une Glasser Car à distance.

– Je n'en reviens pas, murmure-t-il.

– Tu vois la carte, en haut à gauche ?

– Oui.

– Il s'agit de rejoindre Britta. Et vite.

– Oui, dit la voix de l'agente dans leur oreillette. Je crois qu'il y en a un qui est allé dans le décor, au détour d'un virage, mais les autres se rapprochent. Ils seront bientôt assez près pour me tirer dessus.

Concentrés sur leur écran, Andrew et Adam conduisent leurs Glasser Cars respectives vers la route où Britta essaie d'échapper à ses poursuivants.

– Je suis là dans deux minutes, dit le hacker.

– Et moi juste derrière, annonce l'agent.

– Espérons que personne chez Glasser X ne s'aperçoive du hacking de leurs véhicules d'ici là, dit Adam. Il leur suffirait de tout désactiver à distance pour arrêter les voitures.

– Ça y est ! crie alors Britta. Ils me tirent dessus !

Le hacker n'entend pas, dans son oreillette, de détonations, probablement noyées sous le vrombissement des moteurs. Concentré sur sa tâche, il pilote sa Glasser Car à toute allure sur la route qu'emprunte l'agente en sens inverse. Sinueuse et étroite, la voie est difficile à maîtriser, et Adam doit faire appel à tous ses talents de *gamer*. Mais le véhicule, qui s'apparente plus à une caisse à savon qu'à une voiture de course, ne réagit pas exactement comme les bolides de *Gran Turismo*. Adam manque à plusieurs reprises de sortir de la route en négociant un virage.

– Je te vois ! s'exclame-t-il tout à coup. J'arrive face à toi, Britta.

– Oui, répond l'agente qui essaie, tant bien que mal, de zigzaguer pour ne pas offrir une cible trop facile aux bikers qui lui tirent dessus.

– Reste sur la droite, je vais tenter de me placer entre eux et toi.

Elle s'exécute et croise la Glasser Car. Aussitôt qu'il a dépassé la moto de Britta, Adam freine brutalement et tourne ses commandes au maximum. Son dérapage incontrôlé l'emmène sur le petit talus qui borde la route. Une accélération salvatrice le replace sur le bitume. La Glasser Car se retrouve alors dans le même sens que l'agente, entre elle et ses poursuivants.

– Jolie manœuvre, dit Andrew. Je suis là dans une minute, je vais essayer de t'imiter.

Les Gypsy Jokers ont désormais rejoint la voiture que pilote Adam et la criblent de balles. Un biker parvient à son niveau et découvre avec surprise que personne n'est au volant. Et qu'il n'y a même pas de volant.

Le hacker, grâce à la caméra arrière, remarque qu'un couple de motards est très proche de son véhicule. Il pourrait sans doute…

Adam pile et les deux motos heurtent violemment l'arrière de la Glasser Car. L'un des bikers ne parvient pas à maîtriser son guidon qui se tourne sous l'impact. La roue avant se bloque et éjecte son pilote qui retombe sur le dos, quelques mètres plus loin. Deux membres du gang parviennent de justesse à l'éviter.

L'autre motard qui a heurté le véhicule d'Adam perd le contrôle de sa Harley-Davidson. Il se couche sur le côté et dérape sur la route.

– Deux de moins ! s'exclame Adam.

Le hacker fait une embardée sur un côté et oblige un Gypsy Joker à ralentir jusqu'à s'arrêter sur le bas-côté pour ne pas foncer dans la forêt.

– Me voilà ! dit Andrew dont la Glasser Car arrive en face de Britta. Écarte-toi, Adam, je vais leur foncer dessus, comme une boule de bowling sur des quilles.

Le Français s'exécute et se place sur la droite de la route. Les bikers, échaudés, restent à bonne distance derrière lui et n'essaient plus de le doubler.

Certains tirent encore. Et changent de cible lorsqu'ils voient un deuxième véhicule, en tout point semblable au premier, leur arriver droit dessus.

Des impacts atteignent la voiture que pilote Andrew, mais elle continue sur sa lancée. Juste avant de les atteindre, l'agent de la CIA se met à zigzaguer sur toute la largeur de la voie pour faucher le plus de motards possible.

Quelques-uns s'écartent sur le bas-côté en ralentissant et d'autres ne parviennent pas à éviter la Glasser Car. Un Gypsy Joker, éjecté de sa moto, retombe lourdement sur le capot de la voiture avant de chuter sur le bitume.

– Aïe ! dit Adam. Heureusement que celui-ci avait un casque.

Un autre évite de peu le véhicule d'Andrew, mais sa manœuvre d'esquive l'emmène sur le bord de la route couvert de nids-de-poule. Le biker perd le contrôle de sa Harley-Davidson qui manque de l'éjecter, tel un taureau de rodéo, de sa selle.

Finalement, la moto, déséquilibrée et entraînée par son poids, tombe en bloquant une jambe de son pilote. Le Gypsy Joker qui roulait derrière n'essaie même pas de le contourner, sa tentative serait vouée à l'échec. Il heurte de plein fouet la Harley de son camarade de gang qui le projette comme un tremplin. Après un vol plané de plusieurs mètres, les pneus dérapent en retouchant terre et envoient le biker dans le décor.

– Strike ! lance Andrew. Voilà ce qu'on récolte lorsqu'on tire sur un agent de la CIA.

– Merci, les gars, dit Britta en regardant dans son rétroviseur. J'ai l'impression que vous les avez traumatisés. Ceux qui sont encore en piste ralentissent. Je crois qu'ils abandonnent la poursuite.

– Tant mieux, dit Adam, car ça m'étonnerait que nous puissions piloter les Glasser Cars encore longtemps. Quelqu'un a dû se rendre compte du problème chez Glasser X. Je suis même étonné que ça ait duré aussi longtemps. Je crois que nous avons eu de la chance, Andrew.

L'agent se tourne vers lui, surpris.

– Andrew ? Non, Andrew c'est mon collègue qui conduit le van. Moi, c'est Matthew.

Le téléphone du hacker se met à sonner avant qu'il puisse s'excuser.

Il décroche. Une communication vidéo d'un appelant inconnu. Adam est alors pris d'une terrible intuition.

Sur l'écran, le ravisseur encagoulé qui a enlevé Emma déclare de sa voix déformée :

– Je sais ce que tu fais.

Adam ne répond pas, saisi d'effroi. L'homme s'adresse à lui en tenant un pistolet contre la tempe de son amie Emma qui affiche une grimace terrifiée.

– Si tu ne m'envoies pas tout de suite le virus modifié, ton amie y passe. C'est compris ? Je lui fais sauter la cervelle. Tu as cinq minutes.

La communication se coupe. Adam attrape le sac à dos qu'il garde toujours sous l'assise de son fauteuil et en sort une clé USB contenant le ver modifié par ses soins.

En plus de le rendre polymorphique, le hacker a ajouté au ver une balise, un repère pour éventuellement l'arrêter, plus tard, en cas de contamination. Mais, sans l'avoir testé, il n'est pas certain qu'il fonctionnera.

Il introduit la clé dans l'une des nombreuses fiches de la console du van et envoie le morceau de virus modifié à l'adresse que lui a indiquée le ravisseur.

– Que fais-tu ? lui demande Andrew.

– Je prends quelques captures d'écrans de nos exploits, ment Adam.

– Oui, euh, bon, arrête. Il n'est pas question que tout ça sorte d'ici. La CIA n'aime pas que les détails des opérations s'ébruitent.

– D'accord, pas de problème, dit le hacker en retirant son périphérique.

Le virus est dans les mains du ravisseur et une seule chose compte désormais aux yeux d'Adam : qu'Emma s'en sorte.

– Oh, et désolé de t'avoir appelé Andrew, reprend-il.

CHAPITRE 12

Lorsque Britta gare sa moto devant le 379 Cherry Avenue à Los Altos, Adam et Matthew suivent toujours son parcours grâce à la caméra intégrée dans ses lunettes. L'agente prend un pistolet dans une des sacoches de sa Harley et fonce vers la maison. Devant la porte d'entrée, elle ralentit et tourne prudemment la poignée.

Dans le van toujours en route, mais encore éloigné de plusieurs kilomètres, Adam s'approche imperceptiblement de l'écran.

Britta entre dans la maison plongée dans la pénombre, rideaux fermés. Il n'y a pas un bruit. Son arme en position de visée, au bout de ses bras tendus, elle passe dans le salon, vide, à l'exception d'une chaise sur laquelle est attachée Emma, bâillonnée et apeurée. L'agente achève de fouiller la maison sans trouver personne puis revient libérer la jeune fille.

– Tout va bien ? lui demande-t-elle.

– Oui, répond Emma entre deux sanglots de soulagement.

Adam, devant son moniteur, s'essuie les yeux. Il sourit.

⁂

Quelques minutes plus tard, le van arrive à son tour devant la maison où était détenue Emma en même temps qu'une ambulance. Deux infirmiers se dirigent, sans se presser outre mesure, vers l'entrée. Le hacker les devance, mais n'a pas le temps de l'atteindre. Emma sort en courant et se précipite vers lui. Elle le serre dans ses bras.

– Merci, lui dit-elle à l'oreille, les joues mouillées de larmes. Je ne sais pas comment tu as fait, mais tu m'as sauvé la vie.

– Je te devais bien ça, dit Adam sans oser ajouter : après tout, c'est à cause de moi que tu t'es retrouvée en danger.

Emma se redresse et les infirmiers l'entraînent à l'écart. Britta rejoint Adam.

– Bien joué, le coup des Glasser Cars. Une équipe d'intervention est partie ramasser les bikers blessés. J'espère qu'ils nous conduiront au commanditaire de l'enlèvement.

– Ouais, dit le hacker, guère convaincu. Je…

Mais il s'interrompt.

– Qu'y a-t-il ? demande Britta.

– Rien. Tout va bien.

Adam s'est ravisé. Il a décidé de ne pas lui dire qu'il a envoyé le virus. De toute façon, la CIA l'apprendra dès qu'elle traitera les écoutes téléphoniques le concernant. Et s'il est encore en Californie à ce moment-là...

– J'aimerais rentrer chez moi, reprend-il.

– Bien sûr, dit l'agente. J'imagine que tout ça a été très éprouvant pour toi.

Et j'ai le sentiment que ce n'est pas fini, pense le hacker.

– Tu pourras reprendre l'avion dès que nous t'aurons débriefé.

– Un débriefing ? Mais je n'appartiens pas à la CIA.

– Tu as pourtant participé activement à une de nos opérations. Je suis certaine que mes supérieurs vont vouloir te poser des questions.

– Et cela va prendre combien de temps ?

– Vu le bazar que nous avons mis et les données à analyser, je pense que nous nous en occuperons demain. Et puis ça te laissera le temps de te reposer.

Adam acquiesce en détournant le regard.

Il aurait peut-être dû lui parler de l'envoi du virus. S'il patiente jusqu'au débriefing pour le mentionner, la CIA risque de l'accuser d'avoir passé sous silence une information importante. Mais dans tous les cas, le simple fait d'avoir donné au ravisseur ce qu'il voulait sans avoir d'abord consulté un agent risque de lui valoir des problèmes. De gros problèmes.

Et je dois d'abord parler avec Edgar et la DGSI, pense Adam. *Les prévenir du danger que représente le virus maintenant que je l'ai modifié.*

Tandis que Britta rejoint Andrew et Matthew, Adam, lui, cherche du regard Emma, toujours examinée par les infirmiers. Il ne peut pas lui demander de l'aide après une telle épreuve. Il sort son téléphone de sa poche et cherche un contact.

J'espère que Justin va m'aider sans poser de questions...

Paris

CHAPITRE 13

Ce n'est que lorsque l'avion a quitté le tarmac de l'aéroport international de San Francisco qu'Adam a commencé à se détendre. Et il lui a encore fallu cinq heures avant de s'endormir, après que l'appareil eut enfin quitté l'espace américain.

Le hacker a eu peur. Très peur. Des conséquences de son geste, pour commencer. Aider un individu mal intentionné comme le ravisseur d'Emma en lui fournissant une arme aussi dangereuse que ce virus sans connaître ses véritables intentions suffirait à le faire inculper de complicité, même s'il a agi pour sauver la vie de son amie.

Adam n'avait aucune envie de connaître la réaction de la CIA face à son geste. Il a appelé Justin Baker pour lui demander de l'emmener à l'aéroport et de lui offrir son billet d'avion. L'acteur, convaincu par les arguments du hacker qui prétendait ne plus pouvoir tenir une minute de plus loin de sa petite amie, a accepté sans problème de lui payer son vol.

Il l'a même remercié pour « tout ce qu'il avait apporté à son rôle », sans se douter un instant des événements qui s'étaient déroulés durant la journée.

Une fois dans l'avion, Adam a d'abord imaginé ce qu'il risquait si la CIA mettait la main sur lui, puis a échafaudé plusieurs théories sur le rôle du virus qu'il a rendu plus efficace. Aucune pensée positive, pas même l'idée de revoir bientôt Sarah, n'a effacé ces sombres réflexions.

Enfin il s'est endormi, mais son sommeil a été troublé par de terrifiantes images. Le visage d'Emma, une arme sur la tête, qui fond comme une poupée de cire chauffée par une flamme. Des motards squelettiques, sortes de Ghost Riders démoniaques, qui le poursuivent. Des lignes de codes qui se transforment en vagues déferlant sur lui, assis sur un surf, mais paralysé, incapable de faire un geste pour éviter la noyade. Puis un visage qui apparaît dans le ciel, un visage qu'il connaît, qu'il a déjà vu dans ses cauchemars.

À l'atterrissage à l'aéroport Roissy-Charles-de-Gaulle, Adam, qui a dormi plus de six heures, ne se sent pas plus reposé qu'avant son départ. Toute la tension nerveuse, la fatigue accumulée, ne sont pas près de disparaître. Et ce n'est pas le débarquement qui va arranger les choses. Ce qui lui avait paru extrêmement simple à San Francisco devient, sans doute à cause de l'épuisement, une épreuve. Comme à l'accoutumée, il doit attendre que tous les passagers soient descendus de la cabine pour la quitter à son tour. Un membre du personnel de bord vient le chercher avec un fauteuil assez étroit pour passer entre les rangées. Une fois sur le tarmac, après être descendu de l'avion par un petit élévateur, on lui apporte son propre « deux roues ».

Il fait bien plus froid à Paris et Adam n'avait pas prévu de veste. Il porte un tee-shirt bleu et une chemise à carreaux qu'il s'empresse de fermer. Un employé de l'aéroport, vêtu de noir et d'un gilet fluorescent vert, lui ouvre son fauteuil, puis une fois le hacker installé, le pousse vers une des portes vitrées de l'aéroport.

– Oh, non, merci, c'est inutile, dit Adam en se retournant vers lui.

– J'insiste, répond alors une voix qu'il reconnaît parfaitement.

Le visage fin, presque creusé, encadré par deux rideaux d'épais cheveux noirs qui lui retombent sur les épaules, lui confirme qu'il s'agit de Lynx, le hacker qui se faisait appeler Sébastien et a manqué de le tuer, quelques mois plus tôt, dans un entrepôt de Londres.

– Je vais t'accompagner jusqu'à la sortie de l'aéroport, si tu veux bien, lui murmure-t-il. Que tu le veuilles ou non, d'ailleurs. Tu as de toute façon tendance à m'obéir, ces temps-ci.

Adam reste muet. Une brusque nausée l'envahit. Il a l'impression qu'une main bionique lui comprime l'estomac.

– Toi ? parvient-il à dire. Qu'est-ce que tu fais là ? Que me veux-tu ?

– J'ai pris le vol précédent depuis San Francisco juste après avoir quitté ta copine.

Et soudain, Adam comprend tout. Le maître-chanteur qui a menacé d'assassiner froidement Emma s'il ne lui obéissait pas, c'était Lynx.

Il aurait dû s'en douter.

Lynx était le suspect idéal : hacker surdoué lui-même, il a pu créer le virus et il est parfaitement au courant des talents d'Adam. Il n'a sans doute eu aucun mal à se renseigner sur ses faits et gestes. S'il était resté en France, c'est peut-être Sarah que Lynx aurait enlevée.

Dans la frénésie de l'action, Adam n'a pas eu le temps de chercher à percer la véritable identité du ravisseur. À présent, l'enchaînement des événements lui semble logique, limpide. Mais à quoi sert le virus ? Et que compte en faire Lynx ? Cela lui échappe encore.

Adam se laisse emmener. Il ignore ce que lui veut son adversaire. Il envisage un instant de hurler qu'on l'enlève, d'appeler au secours, de se débattre, mais un doute persiste. Et si Lynx avait encore un atout dans sa manche ? S'il menaçait un autre de ses proches ? S'il avait un pistolet pointé en ce moment même sur son dos ?

Les deux jeunes hommes traversent le tarmac et entrent dans l'aéroport. Après un portique, ils arrivent dans la salle où les passagers récupèrent leurs bagages. Lynx s'arrête.

– Il va falloir prendre un autre chemin, dit-il. Regarde, là-bas.

Adam se tourne dans la direction indiquée et avise, au loin, une silhouette féminine qu'il reconnaît parfaitement, même à cette distance. Derrière une baie vitrée, Clotilde Weisman semble attendre les passagers en provenance de San Francisco.

Mais cette vision réconfortante ne dure pas.

Lynx tourne son fauteuil et l'emmène par une porte de service qu'il ouvre grâce à un badge magnétique, sans doute volé à un employé de l'aéroport. Ils longent un couloir vide. L'angoisse d'Adam monte d'un cran. Si son adversaire voulait se débarrasser de lui, l'endroit serait parfait.

– J'ai besoin de ton aide, lâche brusquement Lynx.

– Ça devient une habitude, lui répond le hacker sans la moindre ironie.

– J'ai libéré le virus.

– Quoi ? lance Adam, incrédule. Déjà ?

– Oui. Tu as fait du bon travail pour ce que j'ai pu en voir. Je n'en attendais pas moins de toi. Tu es vraiment très doué. Nous le savons tous les deux. Et même si ça blesse mon ego, tu es meilleur que moi dans certains domaines. Je me doutais que tu avais déjà travaillé sur des vers polymorphiques.

– Oui, mais pour moi, par simple défi. Pas pour les relâcher sur le Web afin qu'ils fassent je ne sais quels dégâts.

– Ne t'inquiète pas, mon petit bijou ne fera pas de dégâts. Oh, pardon, j'aurais peut-être dû dire *notre* petit bijou, réplique Lynx en empruntant un autre très long couloir. Il se contente de se propager d'un ordinateur à l'autre sans laisser de trace et de récolter des données. Des infos et des mots de passe concernant le cloud de Glasser qui deviendront, lorsque je le déciderai, accessibles à tous. Hacker les serveurs de Glasser est impossible. Mais passer par les ordinateurs, mal protégés, de leurs utilisateurs qui n'y connaissent rien en informatique, c'était tentant. Je peux pirater Glasser sans qu'ils s'en aperçoivent.

Lynx s'arrête et se place face à Adam. Il semble comme possédé, les yeux fiévreux.

– Imagine, reprend-il. Toutes les données personnelles que les utilisateurs lambda ont transférées, en connaissance de cause ou non, sur le cloud, disponibles. Les photos compromettantes, les factures truquées, les devis falsifiés deviendraient accessibles à tous. Sans parler des mots de passe stockés, des données plus sensibles, des secrets d'État insuffisamment protégés et envoyés sur le cloud par inadvertance. Tout serait public. Chacun pourrait espionner son voisin. Même plus besoin de passer du temps à trier ces données. Le travail serait effectué par tout un chacun. Ce ne seraient plus des États totalitaires ou des agences de surveillance qui joueraient le rôle de Big Brother, mais toi, moi, ta mère, ton frère…

Lynx se tait un instant, essoufflé. Puis il reprend :

– Imagine que le patron de la DGSI doive démissionner parce que ses photos de vacances avec sa maîtresse se sont retrouvées sur le cloud… Que la liste des débiteurs d'un mafieux célèbre se retrouve accessible à tous ou que les mots de passe des comptes bancaires de centaines de milliers de personnes deviennent connus du jour au lendemain. Que le boulanger à côté de chez toi découvre que sa femme le trompe avec le boucher. Et imagine qu'un terroriste décide de faire chanter un employé d'une centrale nucléaire, Adam. Il y aurait des morts.

Après un silence, Lynx poursuit :

– Il y aura des morts. Quelques-uns. Ou des millions. Comment le prévoir ? Les gens savent à peine se servir d'un grille-pain. Alors ne parlons pas d'un ordinateur. Ils ignorent que les entreprises comme Glasser stockent tout sur leurs serveurs sous prétexte de synchroniser leurs appareils. Ou ils ne veulent pas s'en soucier. Ce qui leur facilite la vie est bénéfique. Ils ne cherchent pas les mauvais côtés de la technologie, ces idiots.

Lynx secoue la tête, dégoûté, puis :

– Tu veux écouter de la musique sur ton ordinateur *et* ton téléphone : Glasser s'en occupe automatiquement, sans que tu saches vraiment ce qu'il se passe. Mais ils gardent une copie. Et, si l'on n'y prend pas garde, de données que l'on ne voudrait surtout pas partager. Tu as une idée de ce qui se passerait si toute l'humanité connaissait le moindre petit secret de son voisin ? Jusqu'à quel stade homo sapiens régresserait-il ? Et surtout, crois-tu que si son système de stockage en ligne, son cloud, était ainsi exposé par mon virus, Glasser s'en remettrait ?

Une partie d'Adam ne veut pas croire à ce qu'il entend. Ça lui paraît tellement dément.

Comment peut-on se réjouir autant en promettant du sang et des larmes à l'échelle de la planète ?

– Tu es... dingue, dit simplement Adam.

– Oui, je sais, tu me l'as déjà dit, lui répond Lynx en calant une mèche de cheveux derrière son oreille. Rassure-toi, j'ai libéré le virus, mais j'ai encore un moyen de le retenir. Je peux empêcher cette catastrophe mondiale, à condition que tu m'aides.

– Que je t'aide à quoi ?

– À retrouver Fablious.

– Fablious ? Mais c'est quoi ça ? Un troll dans *Donjons et Dragons* ?

– Possible. C'est le pseudo qu'utilisait un certain Guillaume Mercier lorsqu'il était encore actif dans le domaine de la programmation. Je vais t'envoyer les infos que je possède. Il a disparu de la circulation il y a quelques années et je tiens à lui parler.

– D'accord, dit Adam. Tu veux que je t'aide à localiser un type qui se cache, visiblement. Tu ne crois pas que ce serait plus simple si tu m'avais laissé parler à Clotilde. La DGSI pourrait m'aider. En ayant accès à leur fichier, j'y parviendrais plus facilement.

– Je te déconseille vivement d'aller les voir. Après tes exploits en Californie, ils vont vouloir te débriefer et on sait comment ça se passe avec eux, cela peut durer des heures. Le temps qu'ils te relâchent, le virus sera trop dispersé pour que je puisse l'arrêter.

Lynx repasse derrière Adam, le pousse dans les couloirs en courant et ouvre une porte qui donne sur l'extérieur, près de la desserte des taxis.

– Allez, je te libère, murmure-t-il en se penchant vers lui. Tu as du pain sur la planche. Et tu as deux jours. Sans quoi le virus ne pourra plus être arrêté. Inutile de te dire de n'en parler à personne, hein. Je crois qu'il n'est plus indispensable que je te menace. Tu sais de quoi je suis capable.

Lynx s'approche encore un peu plus de l'oreille d'Adam.

– Guillaume Mercier, reprend-il. D'ici quarante-huit heures.

– Pourquoi as-tu besoin de mon aide ?

– Allons, Adam. Tu me connais bien mal. Si j'avais comme toi accès aux ressources de la DGSI, je me serais débrouillé seul.

– Mais tu m'as interdit de leur parler. Comment veux-tu que j'accède à leurs fichiers ?

– Tu es malin. Tu trouveras un moyen.

Puis après un instant de silence :

– Et tu as autant intérêt que moi à localiser Mercier.

– Quoi ? Comment ça ?

Lynx sort une clé USB de sa poche et la lance sur les genoux du hacker qui lui adresse un regard interrogateur. Il ne répond pas et s'éloigne d'une démarche tranquille, assurée.

Adam se retrouve seul devant l'aéroport.

Désespérément seul.

Puis il repense au cauchemar qu'il a fait dans l'avion. Et au visage qu'il a aperçu avant de se réveiller. Il en est sûr, maintenant.

C'était celui de Lynx.

CHAPITRE 14

Dans le taxi qui le ramène à Asnières, Adam tente de peser ses options. Il n'a encore aucune idée de la difficulté qu'il aura à retrouver Guillaume Mercier, alias Fablious, mais il est certain que, de loin ou de près, Lynx le surveillera. Et lorsque Clotilde se sera rendu compte qu'il lui a fait faux bond à l'aéroport, elle se lancera à sa recherche. Comment, dans ces conditions, fouiller dans les dossiers de la DGSI ?

Adam n'a pas le choix : il doit demander de l'aide. Et il ne faut surtout pas qu'il rentre chez lui. Il donne une nouvelle adresse au chauffeur et entame, dans sa tête, l'inventaire des façons de retrouver quelqu'un qui se cache.

Quelques dizaines de minutes plus tard, la voiture se gare devant une maison d'Asnières, à trois rues de celle d'Adam. Le hacker paye et va sonner à la porte.

– Adam ? Qu'est-ce que tu fais ici ? s'étonne Lucas en ouvrant. Je croyais que t'étais en vacances.

– Ouais, elles ont été écourtées. J'ai besoin de ton aide... Et de ta console de jeux.

Lucas le fait entrer et l'emmène dans sa chambre, au premier étage, en le portant sur son dos dans l'escalier.

– Depuis dix ans que je fais ça à chacune de tes visites, dit l'ami d'Adam, j'ai l'impression que tu ne cesses de grossir.

– C'est toi qui vieillis, sans doute.

Lucas aide le hacker à s'installer dans un fauteuil sur roulettes et s'assoit sur son lit. Sa chambre est mieux rangée que celle de son ami. Et moins encombrée. Pas d'ordinateur, ni de livres ou de DVD, mais une simple console branchée sur une antique TV carrée et des jeux sur une étagère. Des posters – *South Park*, *Banshee* et *Doctor Who* – et des maquettes d'avion de la Seconde Guerre mondiale – Spitfire et P-51 Mustang – complètent la décoration.

– Tu peux envoyer un SMS à mon frère ? demande Adam sans préambule.

– Ton portable est en rade ?

– Plus de batterie, ment le hacker. Dis-lui de se connecter à *Soccer Player* pour faire une partie contre toi. Ne lui parle pas de moi, d'accord.

Si la DGSI cherche à me retrouver, elle ne tardera pas à mettre le portable de Marc sur écoute. Je ne dois surtout pas le contacter dessus.

– Euh, ouais, d'accord. T'as une soudaine envie de faire une partie de foot ?

– Carrément !

Marc répond aussitôt au message : *Désolé, Lulu. Occupé.*

– Dis-lui que t'as juste besoin de cinq minutes pour lui foutre une raclée, conseille Adam. Il ne pourra pas résister.

Une minute trente plus tard, une demande de connexion apparaît sur l'écran de TV relié à la console de Lucas. Marc veut l'affronter.

– J'ai simplement quelques mots à lui dire, explique le hacker à son ami.

– Et tu ne pouvais pas l'appeler ?

– C'est… compliqué.

– C'est toujours compliqué, avec toi. Comment vas-tu faire pour communiquer ? Il n'y a pas de module de messagerie dans *Soccer Player*. On joue et c'est tout.

– Il faut être plus malin que le programme. Regarde. J'ai choisi une équipe, tout comme Marc. Il me suffit de renommer mes joueurs pour lui parler.

Adam change les patronymes des footballeurs de la Juventus de Turin : le gardien de but habituel, le numéro 1, devient : *Ici Adam*. Puis les autres joueurs…

2 : *Surveillé*
3 : *Moinsrisqué*
4 : *Ainsi*
5 : *Besoin*
6 : *Aide*
7 : *RDV*
8 : *5 rue*
9 : *du Château*
10 : *Une*
11 : *Heure*

– Qu'est-ce que c'est que ces conneries ? demande Lucas. Surveillé ? Un rendez-vous clandestin ? Vous participez à un jeu grandeur nature ou quoi ? Ou mieux, à un de ces nouveaux trucs à la mode, une chasse à l'homme urbaine ?

– Ouais, répond Adam. Et je n'ai pas le droit de me servir de mon portable.

Sur l'écran, un des patronymes de l'équipe adverse, celle de Marc, devient : OK.

– Ouah ! Tu aurais pu me prévenir, j'aurais adoré jouer.

– Je n'avais pas prévu que je me retrouverais dans cette situation, dit le hacker qui, pour une fois, ne ment pas à son ami. Mais je te jure que le prochain coup que nous faisons une chasse à l'homme je te préviendrai.

– Mouais, lâche Lucas, guère convaincu. Bon, en attendant, il te reste une heure avant de rejoindre Marc. Ça me laisse le temps de te montrer qui est le boss à *Soccer Player,* non ?

Adam se retient d'éclater de rire et donne une tape amicale sur l'épaule de son ami.

– Tu ne m'as pas cru, hein, quand je t'ai dit que j'avais progressé à ce jeu ?

CHAPITRE 15

Marc Verne monte sur le trottoir et, d'un petit coup de la pointe du pied, fait sauter son skate avant de l'attraper d'une main. Depuis qu'il est parti de chez lui, il a la désagréable impression d'être suivi. Est-ce qu'il se fait des idées à cause du message étrange que lui a envoyé Adam ? Ou est-ce que la voiture verte qu'il a remarquée à plusieurs reprises ne le lâche pas depuis son départ de la maison ?

Quoi qu'il en soit, il a décidé de ne pas prendre de risques. Et, pendant le trajet en skate jusqu'au centre-ville d'Asnières, il a eu le temps de réfléchir à un plan d'action.

Une question le hante, toutefois : dans quoi s'est encore fourré son frère ? Il devait passer la semaine, voire davantage, à San Francisco, et le voilà déjà rentré. Et dans le pétrin, à en croire son message. À moins que cette communication par *Soccer Player* ne soit un piège. Qu'est-ce qui lui prouve qu'il s'agissait bien de son frère ?

Son ami Lucas n'est pas du genre à faire ce genre de blagues, mais il a pu être manipulé, menacé même.

Je dois rester sur mes gardes. Tout peut arriver et rien ne me dit que c'est bien Adam que je vais retrouver.

Brusquement, comme pris d'une soudaine pulsion, Marc oblique sur la droite et entre dans un magasin de téléphonie mobile. Il le balaie du regard et repère celle qu'il cherchait. Mathilde, une grande brune avec qui il allait au lycée, renseigne un couple de clients.

Marc se dirige droit sur elle.

– Euh, Mathilde. Salut, désolé, dit-il en l'interrompant.

– Ah, salut, répond la jeune femme, agréablement surprise.

– J'ai besoin de toi trente secondes.

– Je termine avec ces messieurs-dames et je suis à toi.

– Non, tout de suite, ça ne prendra pas longtemps.

Puis, à l'adresse des clients :

– Je suis vraiment désolé, je vous l'emprunte un instant.

Il saisit Mathilde par le bras et l'entraîne vers le fond du magasin.

– Hé, qu'est-ce qui te prend ?

– Il y a une sortie par l'arrière, ici, non ?

– Oui, répond-elle, légèrement paniquée.

– Je veux juste l'emprunter. C'est possible ?

– Ben... oui, je crois. Mais pourq...

– Je n'ai pas le temps de t'expliquer, je te revaudrai ça, Mathilde.

Elle l'emmène dans l'arrière-boutique, entre les cartons de téléphones et de cartes Sim en stock, et lui ouvre une porte donnant sur une cour.

– Tu as des problèmes, hein ? lui demande-t-elle, une réelle inquiétude sur le visage.

– Non, ne t'inquiète pas. Merci beaucoup, dit-il avant de l'embrasser sur la joue.

Puis, son skate à la main, il s'élance dans la ruelle qui débouche sur la rue Ernest-Billiet.

⁂

Après plusieurs détours dans des petites rues d'Asnières, Marc, persuadé de ne plus être suivi, arrive au point de rendez-vous fixé par son frère. Il fait d'abord le tour du square du Maréchal-Joffre, en roulant à fond sur sa planche, sans s'approcher de l'endroit précis où il est censé retrouver Adam. Jusque-là, rien de suspect. Puis il traverse un terre-plein pour aller se cacher derrière un buisson et s'assurer que son frère est bien là. Il le voit, un peu plus loin, regarder de tous côtés, à l'ombre d'un grand chêne, visiblement méfiant.

Personne d'autre à l'horizon. En cette fin de matinée, le jardin public est quasiment désert. Marc s'approche de son frère.

– Qu'est-ce qu'il se passe, cette fois ? dit-il en s'arrêtant près de lui.

– Ah, tu es là, lance Adam, soulagé. Je commençais à avoir peur que tu ne viennes pas.

– C'est que j'ai dû faire un détour.

– Tu étais suivi ?

– Je ne sais pas trop. Je crois. Mais j'ai rusé. Tu vois qui c'est, Mathilde ?

– Désolé, je n'ai pas le temps de jouer à Copains d'avant, dit Adam sur un ton brusque. J'ai besoin que tu ailles à la DGSI pour moi, à Levallois.

– D'accord, dit Marc sans comprendre.

– Écoute-moi bien, c'est hyper important. Ce n'est pas compliqué, mais il va falloir que tu fasses exactement ce que je te dis.

– Ça devient une habitude.

– Je t'expliquerai toute l'histoire plus tard. Tout ce que je peux te dire, c'est que c'est très grave et que, seul, je ne m'en sortirai pas. Tu ne risqueras rien.

– Bon, OK. Je vais à la DGSI. Et ensuite ?

– Tu réclames Clotilde Weisman.

– Ah, ton amie Clotilde, dit Marc avec un sourire ravi.

– Elle-même. Tu lui expliques que je t'ai annoncé que je revenais en France plus tôt, mais que tu es inquiet parce que je ne suis toujours pas rentré à la maison. Tu viens la voir pour obtenir des informations. Tu demandes si j'ai parlé à quelqu'un de chez eux, compris ?

– Jusqu'ici, oui.

– Elle va sans doute t'emmener auprès d'Edgar Vaillant, un informaticien avec qui j'ai déjà travaillé. Si tout se déroule comme prévu, il devra effectuer quelques recherches sur son ordinateur pour répondre à tes questions. Passe-moi ton portable.

Marc s'exécute et Adam se met à taper sur l'écran du téléphone de son frère.

– Il suffit que tu poses ton portable allumé sur son bureau, le plus près possible de son clavier, après avoir démarré la petite appli que j'installe.

– Pour quoi faire ?

– Grâce à l'accéléromètre de ton téléphone, je pourrai savoir quelles lettres il tape sur son clavier.

– L'accéléromètre ?

– Oui, le système intégré qui permet à l'écran de ton appareil de se tourner selon la position dans laquelle tu le tiens. C'est un peu compliqué, mais il capte les vibrations et, en les comparant avec une base de données où ont été recensées des milliers de combinaisons, ça me permettra de récupérer le mot de passe qu'entrera Edgar pour accéder aux dossiers de la DGSI.

– Donc, j'ai juste à me pointer là-bas, à poser des questions, à faire semblant d'être inquiet pour toi et à placer mon portable sur une table.

– Exactement. Une dernière chose. Une fois que tu auras fini, on se retrouve à l'hôtel *Terminus*. J'y aurai une chambre. Il faudrait que tu m'apportes la boîte de disquettes que nous avons dénichée l'autre jour au grenier.

– Encore une fois, je dois jouer le coursier.

– Tu sais que je ne te le demanderais pas si ce n'était pas important.

Marc adresse un clin d'œil à son frère.

– T'inquiète. J'avais rien de mieux à faire cet aprèm, de toute façon. Mais dis-moi au moins dans quelle sorte d'ennuis tu t'es fourré ? Sur une échelle de un à dix ?

– On doit pas être loin de huit et demi.

Marc pousse un soupir peiné.

– Il va falloir que tu arrêtes, hein, dit-il à son frère comme s'il s'adressait à un drogué incapable de mettre fin à son addiction.

– J'aimerais bien, murmure Adam tandis que Marc s'élance sur son skate et le laisse, de nouveau, seul.

CHAPITRE 16

Lorsqu'il arrive à l'accueil du bâtiment de la DGSI à Levallois, une heure et demie plus tard, Marc demande à voir Clotilde Weisman. La réceptionniste passe un coup de fil et l'invite à patienter sur un siège dans l'entrée. Après quelques instants d'attente, deux hommes en costume et munis d'oreillettes viennent le chercher. Ils l'accompagnent jusqu'à un ascenseur dépourvu de numéros d'étages. L'un d'eux introduit une clé dans une fente, la tourne et la retire. Puis il sort de la cabine et fait signe à Marc d'y rester.

Après la fermeture des portes, Marc a l'impression de descendre, sans pouvoir déterminer combien d'étages il parcourt. Quand l'ascenseur s'arrête, il se retrouve dans un couloir gris et terne, où il est accueilli par Clotilde Weisman.

– Bonjour, lui dit-elle avec un sourire forcé. Il paraît que tu veux me voir... Tu ne pouvais pas me passer un coup de fil ?

– C'est que… hésite Marc sans parvenir à masquer sa déception face à un tel accueil. Je me disais que le téléphone ne serait pas très sûr.

– Pas bête.

Clotilde, jean bleu et chemisier beige aux manches retroussées, baskets aux pieds, lui fait signe de la suivre dans le couloir. Marc découvre, au passage, quelques bureaux où, devant des écrans cernés de piles de dossiers, travaillent des analystes que rien ne différencie, au premier abord, de fonctionnaires du ministère des Finances ou de la Culture.

– Alors, qu'est-ce qui t'amène ? demande Clotilde.

– Je… Je m'inquiète pour Adam. Il m'a averti qu'il prenait un avion pour rentrer de San Francisco et il n'est toujours pas revenu à la maison, alors que son vol a atterri depuis longtemps.

– Et qu'est-ce qui te fait croire que j'en sais plus que toi ?

– C'est ton boulot, non ?

– Tu me tutoies, maintenant ?

– Je ne sais pas, dit Marc, décontenancé.

– Bah, puisque tu as commencé.

Elle pousse une porte à l'extrémité du couloir et fait entrer Marc dans le bureau d'Edgar Vaillant, une pièce plus vaste que les autres, mais remplie d'un bric-à-brac insensé de matériel informatique, d'écrans, composants, claviers et imprimantes.

– Edgar, voici le frère d'Adam, Marc. Edgar Vaillant est notre meilleur spécialiste des réseaux et de l'informatique. Il est sans doute le seul ici à vraiment comprendre ce qu'est capable de faire Adam avec un ordinateur.

– Salut, dit Marc au jeune homme pâle et aux cheveux en bataille qu'il découvre assis devant son poste de travail.

Il s'approche et lui serre la main. Entièrement vêtu de noir, Edgar ressemble à ces gothiques qu'il croisait parfois au lycée. Sans le maquillage et les énormes bottes à bout métallique. Mais qui ne déparerait tout de même pas à un concert de Nine Inch Nails ou de Marilyn Manson.

– Salut, dit Edgar en détaillant l'arrivant. Ouais, il y a quelque chose. Vous vous ressemblez.

– Marc est là parce qu'il n'a pas de nouvelles d'Adam, explique Clotilde.

– Et je m'inquiète. Il devrait être rentré à la maison.

– C'est étrange, réagit Edgar. Il m'a appelé de San Francisco pour me parler d'un problème...

– Mouais, intervient Clotilde. J'ignore ce qu'il a fait exactement, mais nous avons désormais la CIA sur le dos.

Marc écarquille les yeux. La CIA ? Il sait que son frère a été engagé par les services secrets français pour des missions utilisant ses talents de hacker, mais entendre parler de la CIA, dans ce contexte, semble un peu irréel, comme s'il était dans un film hollywoodien.

Il se reprend et sort son portable de sa poche, fait mine de regarder l'écran, pour vérifier ses messages puis allume l'application fournie par Adam.

– Et toujours rien. Aucune nouvelle depuis San Francisco, dit-il.

– Tu ne risques pas de capter, ici, explique Clotilde. Tous les téléphones non sécurisés sont brouillés dans ce bâtiment.

– Et si Adam n'a pas donné signe de vie depuis quelques heures, il y a peu de chances qu'il l'ait fait dans les dix dernières minutes, dit Edgar.

Marc pose alors son portable près du clavier dans un geste qu'il veut naturel.

– Je suis allée le chercher à l'aéroport, reprend Clotilde. Il n'était pas dans l'avion.

– Euh, pas exactement, précise Edgar en tapant sur son clavier pour ouvrir sa connexion au réseau de la DGSI.

Bingo, pense Marc avec soulagement. *C'est ce que voulait Adam.*

– D'après la liste d'embarquement, il était bien à bord. C'est en arrivant à Paris qu'il a disparu. Et son portable n'émet plus. Soit il en a retiré la carte Sim, soit il a été détruit.

– Vous voyez, dit Marc, c'est louche. J'ignore ce qu'il s'est passé en Californie et je sais que vous ne pouvez rien me dire, mais j'ai vraiment peur qu'il soit en danger.

– Fort possible, dit Clotilde d'une voix cassante. Je ne sais pas ce qu'il mijote. S'il s'est mis dans une impasse, il ne devrait pas essayer de s'en sortir seul. J'espère qu'il ne croit pas qu'il peut se tirer de n'importe quelle situation simplement parce qu'il est un bon hacker.

– Peut-être qu'il n'a pas le choix, hasarde Marc en regrettant son audace.

– Ou que ses facilités lui sont montées à la tête, lui rétorque aussitôt l'agente. Vu ce qu'on m'a rapporté sur ce qu'il a fait en Californie, je commence à craindre qu'il ne veuille rattraper sa bêtise seul. Je pensais que si Adam se retrouvait dans une situation inconfortable, il n'hésiterait pas à nous demander de l'aide. Mais ce n'est pas le cas. Il sait pourtant qu'il peut nous faire confiance.

Marc reste silencieux. Il craint de trop en dire et de mettre Adam dans l'embarras.

– Bon, finit-il par lâcher. Puisque vous n'avez aucune idée de l'endroit où il peut être, je vais vous laisser.

– Et toi, lui dit Clotilde en le regardant droit dans les yeux. Tu es certain que tu ignores où se trouve ton frère ?

Marc baisse les yeux, gêné puis, en rempochant son téléphone portable, déclare :

– Non, vraiment, je ne sais pas.

L'agente s'approche alors de lui et le serre dans ses bras pour lui dire au revoir. La bouche contre son oreille, elle murmure :

– Si jamais tu le croises, surveille-le pour moi, s'il te plaît.

Lorsqu'elle s'écarte, le frère d'Adam acquiesce d'une façon solennelle. D'un signe de tête, il prend congé d'Edgar puis laisse Clotilde le raccompagner à l'entrée du bâtiment, persuadé que l'agente en sait bien plus qu'elle ne l'a avoué.

ire personnelle. Familiale, même, après la
rte du mot Komu dans le code de Ranks-
arc doit savoir.
t a commencé à la sortie du labo de
... commence Adam.

*
* *
*

es minutes plus tard, durant lesquelles
pas bougé d'un millimètre, captivé par le
n frère, Adam reprend, comme si de rien
ploration des données de la DGSI grâce à
t et au mot de passe d'Edgar.
rd, finit par dire l'aîné. Tu dois donc retrou-
, Mercier, qui se fait appeler Fablious. Et
parvenir grâce aux dossiers des services
ais quel rapport avec les disquettes de

idée pour l'instant. Tout ce que je peux
st que les gars qui ont créé Ranksrobot,
la base de l'empire Glasser, s'appellent
mu et Case. Je sais déjà que Fablious est
ercier, car Lynx me l'a dit.
sûr qu'il n'a pas menti.
is secondes de ça, je ne l'étais pas, main-
is certain. Regarde.
tre l'écran de son ordinateur à Marc
:
e Mercier a un dossier à la DGSI et son
d'informaticien y est inscrit. Il s'agit
us.

CHAPITRE 17

Lorsqu'il entend frapper à la porte de sa chambre de l'hôtel *Terminus* d'Asnières, Adam sait qu'il s'agit de son frère. Après tout, personne d'autre n'est au courant qu'il s'est installé ici. Mais aussitôt le doute déferle. Et pendant un dixième de seconde, la méfiance avec laquelle il vit depuis plusieurs jours et qui commence à devenir familière monte d'un cran.

– C'est moi, dit Marc.

– Entre, répond Adam, soulagé.

Son frère ouvre la porte et s'approche du petit bureau sur lequel le cadet a installé son ordinateur portable.

– Tu as bien vérifié que personne ne t'avait suivi ?

– Oui, j'ai pris des raccourcis. Je suis passé par des jardins, où je me suis d'ailleurs fait courser par un chien, puis j'ai traversé un supermarché et je suis sorti par une issue de secours. Ce qui a, au passage, déclenché l'alarme.

– Mouais, pas très discret.

– Je n'avais personne aux basques, je te jure. Aucun piéton ne peut me suivre si je me sers de mon skate et que je ruse un peu. Et je n'ai vu aucune voiture ni scooter derrière moi.

– Bon, admettons.

– La confiance règne.

– Désolé, mais cette histoire a tendance à me rendre…

– Parano ? complète Marc avant de s'asseoir sur le lit derrière son frère. Faut dire qu'il y a de quoi.

Il sort son portable de sa poche et le lance à Adam.

– Tu as réussi ? demande celui-ci en l'attrapant.

– J'ai allumé l'appli et posé le téléphone près du clavier de ton pote Edgar, ouais. À toi de vérifier si ça a marché.

Le hacker branche le portable sur son ordinateur et attend la fin du transfert et de l'analyse des données.

– Ah, et je suis passé à la maison, aussi, reprend Marc. Je t'ai rapporté ça.

Il extirpe une boîte de son sac à dos et en déverse le contenu sur le lit : des disquettes, retrouvées dans le grenier du domicile familial, sur lesquelles est écrit, à l'encre noire, Komu.

– C'est bien ce que je pensais, dit Adam.

– Quoi ?

– Komu. Je savais que j'avais déjà vu ce nom-là quelque part.

– Ça veut dire quoi ?

– C'est un pseudonyme, celui d'un informaticien.

Dès qu'il est arrivé dans sa chambre d'hôtel, Adam a étudié la clé USB que lui a donnée Lynx. Il s'est

– Et donc, Komu serait le pseudonyme de papa ?
– Il était bien informaticien, non ?
– Il était prof d'informatique à la fac, mais je ne crois pas qu'il ait jamais travaillé sur des programmes qui ont été commercialisés. Ce n'était pas un petit génie comme toi, dit Marc avant de hausser les épaules. Enfin, je ne crois pas. Je n'avais que six ans quand il est mort.
– Honnêtement, s'il n'y avait pas les photos, je ne me souviendrais même pas de lui.
Marc lui pose une main sur l'épaule.
– C'est un peu normal. Tu n'avais que trois ans…
Adam hoche la tête. Il ne se rappelle pas davantage l'accident qui a coûté la vie à son père et l'a privé de l'usage de ses jambes.
– Bon, si Fablious est Guillaume Mercier et Komu notre père, qui est Case ? demande Marc.
– Je suis en train de chercher dans les dossiers de la DGSI. Il y a des résultats lorsque je tape Komu et Case, mais je ne peux pas accéder aux fichiers.
– Papa a une fiche à la DGSI.
– Oui. J'ignore pour quelle raison. Je vais essayer de creuser
– Tu ne t'es pas fait repérer, au moins ?
– Non, pas encore. Apparemment, ces dossiers ne sont pas accessibles avec l'accréditation d'Edgar. Tout comme le fichier complet de Fablious d'ailleurs. Ils sont classés Très Secret Défense. Le plus haut niveau de protection. Les simples agents comme Edgar ou Clotilde n'y ont pas accès.
– Mais tu peux quand même retrouver Mercier ?

– Non seulement je peux, mais je l'ai fait ! s'exclame fièrement Adam.

Marc n'est guère surpris.

– J'ai son adresse, reprend le hacker. Elle est dans la partie visible du dossier. Mais rien sur Komu et Case. Il faudrait que j'aie le mot de passe de Delacour, le patron de Clotilde.

– Si je retourne là-bas, ils vont se douter de quelque chose.

– Inutile.

– Tu vas simplement refiler l'adresse à Lynx en espérant qu'il t'offre des infos en échange ?

– S'il m'a donné cette clé USB, c'est qu'il souhaitait que je les découvre par moi-même. Je me demande à quoi il joue.

Adam abaisse son écran et se tourne vers son frère.

– Pour arrêter le virus, il *faut* que je lui envoie l'adresse de Mercier.

– Mais tu n'as aucune idée de ce qu'il lui veut. D'après ce que tu m'as raconté, Lynx n'est pas du genre à plaisanter. J'imagine qu'il est question d'argent ou qu'il veut se venger.

Marc se tait un instant, pensif, puis reprend :

– Et s'il voulait le tuer ?

– J'y ai pensé, figure-toi. Mais qu'est-ce que je peux faire ? Prévenir Clotilde et la DGSI ? Si Lynx l'apprend, il s'en prendra à toi, à maman ou à Sarah. Et si j'arrive à passer l'information aux services secrets sans qu'il l'apprenne, que crois-tu que fera Clotilde ?

– Elle cherchera à protéger Mercier, peut-être...

– En premier lieu, elle voudra attraper Lynx. Et elle n'hésiterait pas à se servir de Mercier comme appât. Quitte à prendre le risque que le virus ne puisse plus être arrêté.

Adam rouvre son ordinateur portable comme s'il pouvait trouver une solution sur son écran.

– Il y a peut-être une autre possibilité, dit alors Marc.

– Laquelle ?

– Il te reste encore quelques heures avant de donner l'adresse à Lynx, non ? Ça nous laisse le temps de prévenir Mercier pour qu'il se mette à l'abri… Lynx t'a simplement demandé une adresse. Il ne t'a pas interdit de t'y rendre.

– Un peu tiré par les cheveux, dit Adam, mais cela vaut sans doute mieux que de prévenir la DGSI.

– Il suffit que je prenne la voiture de maman et…

Le hacker regarde le dossier de Fablious sur son écran puis interrompt son frère :

– On file à Genève.

– Genève ? En Suisse ?

Adam acquiesce.

Marc s'élance vers la porte, enthousiaste.

– En route !

Genève

CHAPITRE 18

Quelques heures plus tard, dans la voiture conduite par Marc, Adam travaille, assis dans le siège passager, son ordinateur portable sur les genoux. La nuit est tombée et le véhicule avale les kilomètres d'autoroute.

À côté de lui, son frère, les deux mains sur le volant, fredonne quelques chansons qui passent à la radio ou l'interroge parfois sur ce qu'il fait. Le hacker essaie de lui détailler les modifications en cours, mais sans grand succès. Difficile de décrire simplement son intervention sur le virus à quelqu'un qui n'a que des connaissances basiques en informatique.

– Pour résumer, je travaille sur un script qui me permettra d'arrêter le ver de Lynx, même s'il s'est propagé. Quand j'ai effectué les modifications qu'il exigeait de moi, j'ai eu le temps d'introduire une balise, un petit morceau de code caché. Mon programme s'appuiera dessus pour retrouver le ver sur les ordinateurs infectés. Enfin, si j'y arrive.

– Tu ne fais donc pas confiance à Lynx pour arrêter le virus lorsque tu lui auras donné l'adresse ?

– Pas vraiment, non. Et même si c'était le cas, je ne suis pas sûr qu'il apprécierait que nous allions prévenir Mercier.

Marc met son clignotant et prend une sortie d'autoroute menant à une station-service.

– Je vais faire le plein. Si tu as besoin d'aller aux toilettes ou de boire quelque chose, c'est le moment.

– C'est bon, merci, répond Adam.

Tandis que Marc s'approche de la pompe à essence, le hacker regarde les voitures et les camions qui foncent sur la route un peu plus loin, à cent trente kilomètres-heure.

Je suis comme un de ces véhicules, se dit-il. *Lancé à toute allure sur une voie, à la seule différence que je ne connais pas l'issue et que toutes les bretelles de sorties me sont bouchées.*

Demander de l'aide à Clotilde l'effraie. Malgré son sentiment de proximité avec l'agente et la confiance qu'il lui accorde à titre personnel, il ne sait pas comment réagiront ses supérieurs à la DGSI. Il a hésité à faire appel à elle, mais l'agente aurait-elle été prête à l'aider sans prévenir ses employeurs ? Jusqu'à quel point est-elle loyale envers les services secrets ?

Après ce qu'il s'est passé en Californie et la façon dont il a quitté le pays, il se doute que la CIA veut des explications et, d'après ce que lui a rapporté Marc, qu'elle fait pression sur les services français. Que lui arrivera-t-il lorsque la DGSI mettra la main sur lui ?

Il est conscient qu'il ne pourra pas éternellement leur échapper. Mais pour l'instant, il n'a pas d'autre choix que se cacher. La menace que Lynx fait peser sur lui est trop forte.

L'image d'Emma bâillonnée sur l'écran de son portable le hante. Tout comme le souvenir de l'arme avec laquelle son adversaire l'a menacé quelques mois plus tôt à Londres. Il sait Lynx capable de tout. D'enlever, de tuer, de commettre le pire avec son virus. Et s'il ignore ses motivations et ce qu'il veut à Mercier, Adam est persuadé qu'il ne s'agit pas d'une simple visite amicale. Fablious n'est probablement pas un oncle éloigné et perdu de vue que Lynx cherche à retrouver. S'il veut éviter de gros ennuis, voire pire, à cet homme, le hacker sait qu'il n'a d'autre choix.

Il doit à la fois protéger ceux qu'il aime et ce Mercier, qu'il ne connaît pourtant pas. De bonnes raisons, altruistes, mais qui le placent dans une position plus qu'inconfortable. Adam est comme ces véhicules qui foncent sur l'autoroute, à une différence près : il ignore ce qu'il va découvrir en Suisse. Quel est le rapport entre Lynx et Fablious ? Et surtout entre Fablious et son père ?

Le bruit de la portière qui s'ouvre le tire de ses réflexions.

– Plus que deux heures de route, dit Marc avant de démarrer.

Deux heures, se dit Adam qui a l'impression que le compte à rebours a commencé.

Il est près de minuit lorsque la Twingo de Michelle Verne se gare avenue Gide, à Chêne-Bougeries, canton de Genève, devant la maison qui, selon les dossiers de la DGSI, appartiendrait à Guillaume Mercier, alias Fablious.

– Et maintenant, comment on procède ? demande Marc. On va simplement sonner ?

Face à eux, une maison à étage, imposante, blanche et au toit gris, se dessine derrière de grands arbres : un manoir moderne, possédant une surélévation évoquant une tour gothique. Une demeure qui, de l'extérieur, paraît très grande, mais qu'Adam imagine immense à l'intérieur. Comme le TARDIS dans *Doctor Who*…

Le hacker ouvre sa portière.

– Quel autre choix avons-nous ? demande-t-il en songeant que la formule est parfaitement adaptée à la situation.

Depuis trois jours, je n'ai jamais eu d'autre option que d'avancer, malgré mes doutes. Comme si, pour faire ce que je crois juste, je devais foncer sans regarder en arrière pour protéger ceux à qui je tiens.

Marc descend et aide son frère à déplier son fauteuil. Puis ils traversent la rue pour s'approcher du grand portail métallique qui bloque l'entrée de la propriété.

L'aîné des deux frères observe la maison à travers les barreaux et part d'un rire nerveux.

– T'imagines, dit-il, qu'on ait la mauvaise adresse ? Ou que ton Mercier ait déménagé ?

– Je ne préfère pas, soupire Adam en s'efforçant de lui sourire.

Marc sonne à l'interphone encastré dans un des poteaux en pierre qui soutient le portail. Au-dessus de l'appareil, le symbole d'une entreprise de télésurveillance affirme que la maison est protégée par une alarme. La nuit fraîche fait frissonner Adam tandis qu'un hibou hulule au loin. De longues secondes s'écoulent.

– Tu crois que ça fonctionne ? demande l'aîné en appuyant de nouveau sur la sonnette.

Le hacker n'a pas le temps de répondre. Une voix masculine endormie crépite dans le petit haut-parleur.

– Oui ?

– Bonjour, euh, bonsoir, dit Marc en s'approchant de l'interphone. Nous aimerions parler à monsieur Mercier. Guillaume Mercier.

Le silence qui s'installe semble durer une éternité.

– Désolé, finit par répondre l'homme dans la maison. Vous devez vous tromper.

Un craquement électronique, évoquant celui d'un talkie-walkie, résonne. On a raccroché.

– Mince ! s'exclame Marc. Tu crois que...

– Réessaie.

Son frère s'exécute.

– Je vous ai dit que vous vous étiez tromp...

– Fablious ? lance le hacker. Vous êtes bien Fablious, n'est-ce pas ? Nous sommes ici pour...

– Qui êtes-vous ? demande aussitôt l'homme, d'un ton sec.

– Je m'appelle Adam et je suis venu avec mon frère, Marc. Nous sommes les fils de Philippe Verne.

Face au regard incrédule de son aîné, le hacker tourne ses paumes vers le haut, comme pour signifier « il fallait bien essayer ».

Le propriétaire de la maison raccroche une nouvelle fois et Marc pousse un soupir déçu.

Puis un grincement lui fait tourner la tête.

Le portail électrique s'ouvre doucement.

CHAPITRE 19

Marc et Adam Verne remontent l'allée pavée jusqu'à la maison de Guillaume Mercier. L'aîné aide son frère à négocier les deux marches qui les séparent de l'entrée lorsque la porte s'entrebâille.

Un homme, en pantalon de jogging et chaussons, qui achève d'enfiler un pull, apparaît. Il les examine d'un regard méfiant, sa silhouette, éclairée par l'arrière, menaçante.

– Vos noms, lance-t-il d'une voix où le hacker perçoit un léger tremblement.

– Adam, dit le hacker. Adam Verne.

– Marc. Je suis son grand frère. Nous sommes les fils…

L'homme s'écarte en leur faisant signe d'entrer.

– De Philippe, oui, dit-il. Je reconnais certains de ses traits sur vos visages.

Il repousse la porte en prenant soin de jeter un coup d'œil à l'extérieur puis la ferme à double tour. Il se tourne ensuite vers les deux frères :

– Comment m'avez-vous retrouvé ?

– C'est une longue histoire, répond Adam.

– Et vous allez me la raconter. Suivez-moi.

Guillaume Mercier, barbe poivre et sel et cheveux attachés en une longue queue de cheval, traverse le hall d'entrée de sa demeure d'où partent un grand escalier et deux couloirs. La décoration contemporaine, carrelage gris, peinture ocre et tableaux abstraits aux murs, semble tout droit sortie d'un magazine de design intérieur : minimaliste, froide, comme si personne n'habitait véritablement ici.

Tout le contraire de la pièce dans laquelle Mercier les précède après avoir pris le corridor de droite, une immense bibliothèque aux hauts murs tapissés de livres où trône un large bureau face à deux gros fauteuils en cuir. Outre les volumes installés sur les étagères, des piles d'ouvrages sont entassées un peu partout, en équilibre instable. En balayant la pièce du regard, Adam aperçoit des exemplaires d'*Omni*, la mythique revue futuriste des années 80, et, dans les bibliothèques, de riches collections de romans de science-fiction allant du *Club du livre d'Anticipation* aux célèbres *Ace Double* américains, ces petits volumes de poche aux tranches bleues qui regroupent deux histoires, tête-bêche. Au fond de la salle, plusieurs rangées d'une étagère accueillent CD, 33 tours et une chaîne hi-fi composée d'un ampli, d'un lecteur laser et d'une platine vinyle.

La pièce ressemble par bien des égards à la chambre d'Adam : même accumulation d'objets culturels, centres d'intérêt semblables. Le hacker pourrait rester enfermé des heures ici, à écouter de la musique en lisant.

Mais les similarités ne s'arrêtent pas là. Sur le bureau, trône un poste de travail informatique digne de celui d'Edgar Vaillant à la DGSI. Quatre écrans disposés en éventail font face à un clavier, une souris, une tablette graphique et deux unités centrales d'où part un fouillis de câbles. Le bourdonnement familier des disques durs et des ventilateurs réconforte Adam.

– Je vous écoute, dit brusquement l'habitant des lieux en s'appuyant contre son bureau. Comment avez-vous eu mon adresse ? Personne ne la connaît. Pas même votre mère.

– Notre mère ? Vous connaissez notre mère ? s'étonne Marc.

– Bien sûr. Nous étions amis avec vos parents, ma femme et moi. D'ailleurs, Edwige dort là-haut. Je ne veux pas la réveiller. Elle s'inquiète assez comme ça.

– S'inquiéter ? Mais de quoi ? demande Adam.

– Vous obtiendrez des réponses à vos questions lorsque vous aurez répondu aux miennes.

– Très bien. Connaissez-vous quelqu'un qui se fait appeler Lynx ?

– Non, jamais entendu parler.

– C'est sa faute si nous sommes ici.

Adam se lance dans un récit qui remonte à son voyage à San Francisco. Mercier l'écoute attentivement. Il ne cille pas lorsque le hacker lui parle du virus, de l'enlèvement d'Emma et de sa rencontre avec Lynx. Tout juste plisse-t-il les yeux lorsque

Adam explique comment il a récupéré l'identifiant et le mot de passe d'Edgar Vaillant grâce à l'accéléromètre du portable de son frère.

– Nous avons pris la route dans l'après-midi avec la voiture de notre mère, et nous voilà.

Mercier hoche la tête plusieurs fois comme pour montrer qu'il a bien assimilé la pluie d'informations que vient de lui assener le hacker.

– Et vous êtes venus pour quoi, exactement ?

– Vous prévenir, répond Marc. Pour que vous sachiez qu'Adam va être obligé de donner votre adresse à Lynx.

– Pourquoi le ferait-il ? Pour empêcher la propagation du virus ? dit Mercier. Une intention louable, mais crois-tu vraiment que ce soit encore possible, Adam ?

Le hacker acquiesce, déterminé.

– Et vous voulez quoi ? Que je prenne la fuite ? Que croyez-vous que me veut ce Lynx ?

– Aucune idée. Vous avez compris qu'il n'est pas du genre à faire dans la demi-mesure, explique Adam. Je serais vous, je partirais en voyage sans laisser de traces jusqu'à ce qu'il soit arrêté.

Mercier se caresse la barbe un instant.

– Ce serait sans doute plus prudent. Mais j'aimerais comprendre. Vous n'avez aucune idée de l'identité de ce Lynx ?

– Pas la moindre, répond le hacker. Même la DGSI l'ignore. C'est un vrai fantôme.

– Et tu dis qu'il t'a donné une clé USB contenant le code de Ranksrobot…

– Oui et justement, Marc et moi ne savions pas très bien si l'informaticien qui a signé ce programme était notre père.

– Oh oui, répond aussitôt Mercier. Philippe était bien Komu. Nous avons développé Ranksrobot ensemble, sur notre temps libre, à partir de l'idée d'un de nos étudiants.

– Il y avait aussi un troisième nom dans le code : Case, dit Adam.

– Oui, Georges. Georges Anderson. Il avait piqué son pseudo au héros du roman *Neuromancien* de William Gibson. Nous travaillions tous les trois à l'École Supérieure de Génie Informatique, avec votre père. Chacun dans sa partie. Georges et moi nous étions connus durant nos études, au Massachusetts Institute of Technology de Cambridge. Et quand nous avons rencontré Philippe, c'est tout naturellement que nous avons collaboré. D'abord sur des petits programmes, puis sur des projets plus ambitieux. Comme Ranksrobot. Qui a ensuite été racheté par Glasser.

Adam a l'impression qu'une partie du voile qui lui cachait la vérité est retirée de devant ses yeux.

– Papa était vraiment aussi doué que ça en programmation ? demande-t-il.

Guillaume Mercier sourit en levant les yeux au ciel, comme s'il se rappelait des bons moments.

– Oh, il était excellent. D'une précision diabolique, toujours plein d'idées, de débrouillardise. Et d'après ce que tu m'as raconté, vous êtes ses dignes fils.

– J'y connais que dalle, en informatique, moi, se défend Marc.

– Non, mais tu m'as l'air plutôt doué pour te défaire d'une filature.

– Quel rapport avec pa…

Adam ne termine pas sa phrase. Une alarme l'interrompt, stridente.

Tandis que les deux frères se regardent, surpris, Guillaume Mercier se précipite derrière son bureau pour vérifier un de ses écrans. Le hacker s'approche et découvre, sur un moniteur, une image de l'extérieur du manoir, prise par une caméra de surveillance. Une silhouette sombre s'approche de l'entrée. Lorsqu'elle tend le bras vers la porte, un éclat de lune fait briller un reflet métallique dans sa main. Le pistolet crache alors un éclair blanc, une détonation claque.

La serrure brisée, l'intrus donne un coup de pied dans la porte pour l'ouvrir.

– Je vais chercher Edwige ! crie Mercier qui part en courant.

Sur l'écran, tout est redevenu calme. L'homme armé est entré et, à l'extérieur, le calme nocturne est retombé. Seule l'alarme hurle encore dans la demeure.

CHAPITRE 20

– Il faut se barrer d'ici, crie Adam. Sortir parderrière.

Marc saisit les poignées du fauteuil de son frère et le dirige vers la sortie. Mais Mercier réapparaît aussitôt, dans l'encadrement de la porte, les mâchoires serrées. Il entre lentement dans la pièce, tandis que derrière lui, Lynx pousse une femme terrifiée.

– Ah, dit-il. Vous voilà. Les frères Verne. Tout le monde est donc réuni.

Adam remarque que l'intrus pointe son arme sur la femme. Qui ne peut être qu'Edwige, l'épouse de Mercier. En chemise de nuit blanche, ses cheveux blonds et courts en bataille, elle paraît partagée entre la surprise et la colère.

– Pour commencer, Mercier, tu vas me faire le plaisir d'éteindre cette affreuse alarme. Et pas d'embrouilles, hein ? Sinon, c'est elle qui prend.

Le propriétaire des lieux s'approche de son bureau et, d'un mouvement de souris, suivi d'un clic, coupe le bruit strident. Le silence qui retombe, empreint des échos fantômes de la sirène, semble irréel aux oreilles d'Adam.

D'ailleurs, toute cette situation lui semble irréelle. Le fait de se trouver ici, à Genève, avec son frère, dans la demeure d'un ancien ami de son père, sous la menace de Lynx, lui évoque un épisode cauchemardesque de la *Quatrième Dimension*. C'est comme si deux mondes, son univers personnel, intime, familial et celui des services secrets s'étaient entremêlés dans un *cross-over* imprévu et stressant.

Depuis quelques jours, Adam n'agit plus, il se contente de réagir à des menaces, d'obéir à Lynx pour l'aider dans son entreprise criminelle. Comme s'il ne s'appartenait pas, mais n'était plus qu'un robot, une marionnette dirigée par cet être maléfique dont il aurait préféré ne jamais croiser la route.

Le téléphone filaire posé sur le bureau se met brusquement à sonner.

– Bon, dit Lynx en s'adressant à Mercier. Ce doit être l'entreprise de télésurveillance reliée à cette alarme qui veut vérifier que tout va bien. J'imagine qu'ils attendent un code de ta part. Il doit sans doute y en avoir un qui signifie que tout va bien et un autre qui signale qu'un intrus a pénétré dans la villa et qu'il te menace.

Lynx attrape Edwige Mercier par le bras et la ramène vers lui. Le canon de son arme vient se coller au flanc de la maîtresse de maison, juste au-dessus de la hanche.

– Alors, voilà ce qui va se passer, reprend-il. Tu vas donner le mot de passe indiquant que tout va bien. Compris ?

Mercier acquiesce.

– Et ne joue pas au plus malin avec moi. Si les flics se pointent, j'aurai le temps de tirer sur ta femme avant de m'enfuir… ou de me faire arrêter. Mais ne parlons pas de malheur.

D'un signe de tête, Lynx indique à Mercier qu'il peut décrocher.

– Oui, dit-il dans le combiné. Oui. Tout va bien. Oui, c'est « mirage ». C'est ça. Au revoir.

– Bien, lance alors Lynx sans lâcher Edwige. Je sais que tu n'es pas digne de confiance, en revanche j'espère que l'idée que je puisse tirer sur ta femme t'aura rendu obéissant.

– C'était le bon code, affirme Mercier. Personne ne viendra.

– Comment nous as-tu retrouvés ? interroge Adam, partagé entre colère et abattement. Tu nous as suivis ?

– Oui, de loin. Je n'ai eu qu'à capter le signal envoyé par le GPS que vous utilisiez pour vous orienter. Tu es pourtant bien placé pour savoir que c'est possible… et pas si compliqué que ça. J'étais toujours quelques kilomètres derrière vous. Et sans courir le risque d'être vu.

Marc lance un regard interrogatif à Adam, comme s'il lui demandait : « C'est possible, un truc pareil ? » Son frère acquiesce lentement.

– Je crois que je dois vous remercier, poursuit Lynx avec un petit mouvement de la tête qui s'apparente à un tic nerveux. Grâce à vous, j'ai enfin retrouvé l'assassin de mon père.

Marc et Adam échangent des coups d'œil perplexes.

– Tu parles de moi ? s'emporte Mercier. Tu me traites d'assassin ?

– Oui, je parle de toi, ordure, hurle Lynx en enfonçant un peu plus le canon de son arme dans la chair d'Edwige, jusqu'à lui tirer un gémissement de douleur. Tu ne l'as sans doute pas noyé, mais c'est bien à cause de toi que mon père est mort, éructe-t-il en postillonnant.

Adam, qui l'a pourtant côtoyé quelque temps, n'a jamais vu Lynx dans un tel état. Il paraît possédé, instable, dans une rage folle.

– Quant à vous, les Verne, vous devriez me remercier, reprend-il un peu plus calme. Car vous allez aussi pouvoir vous venger de Mercier.

– Nous venger ? demande Adam. Mais de quoi ?

Lynx secoue la tête en baissant les yeux, comme un professeur face à un cancre.

– Tu n'as pas compris ? ricane-t-il. Toi, le petit génie, tu n'as pas réussi à saisir que un et deux font trois ! Je t'ai pourtant donné la clé USB contenant le code de Ranksrobot. Tu as bien vu les pseudonymes de ses créateurs.

– Oui, répond le hacker. Fablious, Komu et Case.

– Exactement, soit ce salaud, dit Lynx en désignant Mercier, votre père et…

– Et le tien, complète Adam en mettant un nom sur la dernière inconnue de l'équation.

Mercier, abasourdi, ouvre la bouche sans parvenir à parler. Puis, une ou deux secondes plus tard :

– Tu es le fils de Georges ? Tu es le petit Vin…

– Je m'appelle Lynx, hurle le jeune homme si fort qu'Edwige sursaute. Lynx, c'est compris ?

Pendant quelques instants, on n'entend que la respiration saccadée du jeune homme et les pleurs étouffés que l'épouse de Mercier ne peut retenir.

Marc fait un pas vers Lynx.

– Ton père est mort, à toi aussi ?

– Oui ! Et ce salaud l'a tué.

– Guillaume n'est pas un assassin, dit doucement Edwige en tournant la tête vers son agresseur.

Il la pousse dans un fauteuil en la tenant toujours en joue.

– La ferme, lance-t-il. Tu sais ce qu'il a fait ? Hein, est-ce que tu le sais ?

– Vincent, dit Mercier en tendant les bras. Je t'en prie.

Le jeune homme braque alors son arme sur lui.

– Ta gueule, toi. Tu te terres dans cette tour d'ivoire depuis des années et tu voudrais nous faire croire que tu es innocent ? Espèce de salaud…

Le pistolet tremble au bout du bras de Lynx.

– De quoi tu l'accuses exactement ? demande Adam. Qu'a-t-il fait à nos pères ?

– Tu ne comprends toujours pas, répond le jeune homme armé avant de partir d'un petit rire bref. Fablious, Komu et Case ont tous les trois créé Ranksrobot, la base de l'empire commercial qu'est devenu Glasser. Sans ce programme, l'entreprise n'aurait jamais connu un tel succès. Elle est prête à dominer le monde aujourd'hui, et tout ça grâce à ce robot indexeur.

Lynx baisse son pistolet et pousse un profond soupir.

– Vous ne trouvez pas bizarre, dit-il en s'adressant aux frères Verne, que nos pères soient morts quelques semaines avant que ce salaud ne revende Ranksrobot aux créateurs de Glasser ?

Marc fait un pas de plus vers le jeune homme et demande :

– Comment ça ?

– Mon père a été retrouvé mort dans la piscine de son quartier, où il allait nager trois fois par semaine. Ça ne vous semble pas étrange qu'un nageur expérimenté se noie, seul, lors d'une banale séance de natation ?

Adam se retient de mentionner l'hypothèse d'un AVC ou d'une crise cardiaque. Il n'est jamais très bon d'essayer de raisonner un homme armé.

– Aucune enquête poussée, évidemment, reprend celui-ci. L'affaire a été classée comme un accident. Et une semaine plus tard, dit-il à l'adresse du hacker, tu as failli mourir dans l'accident de voiture qui a coûté la vie à ton père. Tu savais qu'on n'a jamais identifié le chauffeur du poids lourd qui vous est rentré dedans ? Il faut dire que les flics ne l'ont pas beaucoup cherché.

Lynx laisse Adam encaisser cette information. Le hacker ne répond pas. Il n'a aucune information qui lui permettrait de contredire son interlocuteur. Il pourra sans doute vérifier ses dires plus tard. Pour l'instant, il est condamné à l'écouter sans savoir s'il y a la moindre part de vérité dans ses affirmations.

– Si tu es dans ce fauteuil roulant, c'est à cause de Fablious, explique Lynx. C'est lui qui les a tués tous les deux !

– C'est faux ! s'exclame Mercier. Je n'aurais jamais pu faire une chose pareille.

– Oh, mais tu ne l'as pas *fait*. Tu n'as pas tué tes amis de tes propres mains. Tu t'es contenté de commanditer leur assassinat.

– Mais pourquoi aurait-il commis de tels actes ? demande Marc, désormais à moins d'un mètre de Lynx.

– Tu es le moins futé des deux frères, visiblement. Ça ne te paraît pas évident ? Mon père ne voulait pas vendre Ranksrobot. Il voulait développer une entreprise qui concurrencerait Glasser. Et Mercier, par appât du gain, par facilité, que sais-je encore, s'est débarrassé de ses associés.

– Non ! intervient Mercier. Comme tu l'as dit, c'étaient mes amis. Je n'aurais jamais pu.

– Tu oses prétendre que leur mort, à une semaine d'écart, dans des circonstances troubles est un hasard ? Une malencontreuse coïncidence ?

Lynx ferme les yeux un instant et secoue la tête, comme pour reprendre ses esprits.

– Je ne sais pas pourquoi j'essaie de discuter avec toi.

Il se gratte la tête de la main qui tient l'arme puis la pointe brusquement sur Marc qui s'est encore approché de lui.

– Recule, toi, dit-il calmement. Je ne suis pas ici pour vous tuer, ton frère et toi. Ne m'empêchez pas d'accomplir ma vengeance.

L'aîné des Verne recule de trois pas en levant les bras.

– Vous devriez être ravis de voir ce salaud payer, poursuit Lynx. Vous êtes des victimes, vous aussi, tout comme moi.

– Je ne les ai pas tués, je le jure, dit Fablious, suppliant. C'est bien plus compliqué que ça.

– Compliqué ? Au contraire, ça m'a l'air extrêmement simple.

– Nous étions tous les trois menacés, se défend Mercier. Une histoire d'espionnage industriel avec un de nos étudiants. C'est pour ça que je me suis retrouvé sous protection policière après la mort de Philippe et Georges.

– Tu ne prononces pas son nom, tu m'entends ! hurle aussitôt Lynx. Tu n'as pas le droit de prononcer son nom.

Il avance vers le bureau derrière lequel se trouve sa cible.

– Je ne te crois pas, reprend-il. Et toi, Adam, tu le crois ?

Sans attendre de réponse, il braque son pistolet sur Mercier, serre les dents, penche légèrement la tête.

Il va tirer, se dit Adam.

– Ton père avait un dossier à la DGSI, lance alors le hacker. Et nos pères aussi.

Lynx se tourne vers lui, sa curiosité éveillée.

– Et pas des petites fiches de militants CGT, poursuit Adam. De gros dossiers, classés Très Secret Défense, poursuit Adam. Autant dire relevant de la sûreté de l'État et pas de simples affaires de vols de mobylettes.

Adam ne sait pas très bien ce qu'il raconte. Il se contente de parler, s'efforçant de retarder le moment où Lynx va tirer une balle entre les deux yeux de Mercier. Comment pourrait-il convaincre ce jeune homme qui ne semble plus vivre que pour la vengeance, cette créature rongée par la haine ? Même en lui dévoilant des preuves irréfutables qu'il fait fausse route, il n'est pas sûr que, à cet instant, point culminant d'années de ruminations en vue de ces représailles, Lynx soit capable de les appréhender pour ce qu'elles sont.

Alors il parle. Sans trop savoir s'il croit vraiment à ce qu'il dit. Quelqu'un dit peut-être la vérité. Ou pas. Il verra plus tard.

– Je suis d'accord avec toi, poursuit-il. Les morts de nos pères sont louches. Vraiment très louches. Mais après ce que j'ai vu dans le réseau de la DGSI, les choses sont plus complexes qu'elles n'en ont l'air. Tu crois qu'il aurait commandité des assassinats pour une simple raison d'argent ? Allons, regarde autour de toi. Il ne va sans doute pas aux Restos du cœur, mais il n'a pas non plus vue sur le Pacifique.

– Qu'est-ce que tu es en train de me dire ? Si ce n'est pas lui qui l'a tué, qu'il s'agit d'une histoire d'espionnage industriel et que la DGSI a des choses à cacher, tu voudrais me faire croire que nos pères travaillaient pour les services secrets ? C'est ça ? Comme toi ?

– Je ne sais pas, répond sincèrement Adam.

Lynx se tourne vers Mercier dont le visage reste de marbre puis revient vers le hacker.

– La DGSI aurait manipulé tout le monde, y compris Komu et Case d'après toi ? demande-t-il.

– Je ne sais pas, répète Adam.

– Jolie théorie, oui, dit Lynx avec une pointe d'ironie. Peut-être que nos pères étaient des agents des services secrets, des James Bond de l'informatique et des réseaux. Ou peut-être qu'ils étaient sous la surveillance de tes copains de la DGSI et que ce sont eux qui les ont assassinés. Tout est possible, Adam.

Lynx baisse son arme puis regarde le hacker droit dans les yeux.

– Mais tu peux prouver une seule de ces théories ?

– Pas davantage que toi la tienne, dit aussitôt le hacker.

Le jeune homme qui s'appelait autrefois Vincent Anderson lève alors son arme vers Guillaume Mercier. Sa main se crispe autour du pistolet.

– Georges était mon meilleur ami, Vincent, supplie Fablious. J'ai pleuré sa mort pendant des mois.

Lynx se mord la lèvre inférieure et plisse les yeux.

– Ne fais pas ça, murmure Adam. S'il dit vrai, tu le regretteras toute ta vie.

Son ennemi lui lance un regard dédaigneux.

– Tu ne sais rien de ma vie, réplique-t-il d'une voix saccadée.

– Je sais que si tu tues cet homme sans être certain qu'il a assassiné ton père, tu auras gâché ta vengeance, dit le hacker.

L'arme tremble au bout du bras de Lynx.

– Et s'il était vraiment le meilleur ami de ton père ? reprend Adam.

– Personne ne le connaissait mieux que moi, dit Mercier. Il t'aimait plus que tout au monde.

Lynx s'essuie les yeux d'un revers de manche. Il serre le manche de son pistolet puis plie doucement le bras en baissant la tête.

CHAPITRE 21

Un grand fracas retentit.

Un tir, pense aussitôt Adam.

Mais non. C'est autre chose. Cela ressemblait plus à un craquement qu'à un coup de feu.

Il tourne la tête et découvre que la porte du bureau vient de s'ouvrir brusquement, son verrou explosé par un coup de talon. Pendant un instant, le hacker a l'impression d'assister à une scène d'action hollywoodienne au ralenti.

La femme qui vient de briser le battant, emportée par son élan, entre dans la pièce et ramène son pistolet vers l'avant en baissant les bras. Elle balaie l'endroit du regard, évaluant la situation et cherchant sa cible.

Comme pour ajouter à l'impression d'irréalité qui vient de s'emparer d'Adam, Britta Chaykin apparaît derrière Clotilde Weisman.

Que font-elles ici toutes les deux ? Comment nous ont-elles trouvés ?

Lynx, lui, ne se pose pas de question. Il ne laisse pas aux agentes l'occasion de lui tirer dessus. Il plonge sur un côté avec une vivacité stupéfiante et, après une roulade, se relève derrière Adam.

– Ne bougez plus, lance-t-il. Ou je lui explose le crâne.

Face à lui, le hacker voit les deux femmes, leurs armes pointées dans sa direction, hésitant à faire feu.

– Lâchez vos armes, ordonne Lynx. Vous pourriez sans doute m'atteindre, mais est-ce que vous êtes sûres que je n'aurai pas le temps de lui mettre une balle dans la tête avant de mourir ?

Adam sent alors le métal froid du bout du canon contre sa tempe. L'issue heureuse qu'il avait imaginée en voyant surgir les agentes vient de s'évanouir définitivement de son esprit.

Clotilde baisse aussitôt les bras et pose son pistolet par terre.

Britta, au contraire, semble ajuster sa cible, prête à tirer.

– Je t'ai dit de lâcher ton arme, crie Lynx en pressant le canon contre la tête d'Adam.

L'Américaine n'obéit pas. Adam se demande quels sont ses ordres. Jusqu'où est prête à aller la CIA pour se débarrasser de Lynx ? Jusqu'à sacrifier le hacker ?

Clotilde pose une main sur le bras de Britta et secoue lentement la tête. Celle-ci la regarde, les mâchoires serrées, puis baisse à son tour les bras. Lynx attend qu'elle ait lâché son pistolet.

– Par ici, dit-il en leur faisant signe de se placer derrière le bureau, avec Fablious. Toi aussi, Marc.

– Ça va ? Vous n'êtes pas blessée ? lance Clotilde à Edwige Mercier.

– Non, répond celle-ci, encore choquée, avant de se relever et de rejoindre les autres, rassemblés à une extrémité de la pièce.

Lynx recule, en tirant, d'un bras, le fauteuil d'Adam, qu'il tient toujours sous la menace de son arme.

– Où vas-tu ? demande Clotilde. Tu crois que tu peux t'en tirer comme ça ?

– Je pense vous avoir déjà prouvé, à toi et à tes collègues, que je parvenais à disparaître sans problème. Londres doit être encore un souvenir douloureux pour vous, non ?

L'agente ne répond pas, mais son regard en dit long.

– Et cette fois, j'emmène Adam, reprend Lynx. Une sécurité supplémentaire, disons. Si vous tentez quoi que ce soit pour m'arrêter, je ne donne pas cher de sa peau.

– Si tu touches à un seul de ses cheveux… commence Clotilde.

– Quoi ? hurle Lynx. Tu feras quoi ? Le tuer n'aggravera guère mon sort. Je sais que si vous m'attrapez, je n'aurai pas droit à un procès, mais que je croupirai probablement dans une prison secrète jusqu'à ma mort. Si vous ne me balancez pas à vos petits amis de la CIA, évidemment.

Il passe la porte en marchant à reculons, traînant Adam à sa suite.

Le hacker, tourné vers l'intérieur de la pièce, voudrait parler à Clotilde avant de disparaître dans le couloir.

Mais le temps qu'il rassemble ses pensées, il est déjà trop tard.

CHAPITRE 22

Lynx fait sortir Adam de la maison en poussant son fauteuil à deux mains. Dans le couloir, il part en courant et tourne la tête à plusieurs reprises pour vérifier qu'aucune des deux agentes ne le suit.

– Elles ne te laisseront pas t'enfuir, tu sais, dit le hacker.

– Alors que la vie de leur petit protégé est en danger, ça m'étonnerait.

– Tu ne me tueras pas.

– Ah. Tu en es sûr ? Je n'ai pourtant pas hésité à tirer sur toi, à Londres.

Adam se rappelle la scène dans un hangar du nord de la capitale anglaise. S'il n'avait pas utilisé le projecteur d'hologramme que lui avait fourni Edgar Vaillant, il ne serait pas là.

– Tu as changé, affirme-t-il. Tu as hésité, tout à l'heure. Tu n'étais plus décidé à tuer Mercier.

Lynx ne répond pas. Il fonce dans le jardin. Derrière lui, Britta apparaît à la porte de la maison.

Il tire deux coups de feu dans sa direction, l'obligeant à se retrancher derrière un mur.

Arrivé dans la rue, il pousse Adam jusqu'à une Volkswagen noire, un de ces nouveaux modèles de Coccinelle, et l'aide à s'installer dans le siège passager. Le hacker envisage un instant de tenter de le désarmer. Mais Lynx tient fermement son arme.

– Et mon fauteuil ? demande Adam. Tu ne vas pas le laisser sur le trottoir ?

– Pas le temps.

Il range son pistolet dans sa ceinture, démarre et part en trombe. Dans le rétroviseur gauche, Adam a le temps d'apercevoir les deux agentes arriver sur le trottoir avant que la voiture prenne un virage à gauche.

– Comment comptes-tu t'en sortir, cette fois ? lance le hacker à Lynx, concentré sur sa conduite.

– Me sortir de quoi ? Il n'y a plus d'issue désormais. Je vais finir ce que j'ai commencé. Peu m'importe la suite.

– Finir ce que tu as commencé ? C'est-à-dire ?

– Tu as peut-être raison, dit Lynx en regardant Adam. Je ne peux pas plus que toi prouver ma théorie. Je croyais que mon explication était la bonne. La seule plausible. Mais tu as eu accès à des dossiers salement protégés à la DGSI. Et si tu ne m'as pas menti, ça change tout. Je ne dis pas que Mercier n'a pas tué nos pères. Pourtant si ce n'est pas lui, il y a peu de possibilités. Tu ne comprends toujours pas ?

– Comprendre quoi ?

– Fablious, Kumo et Case n'étaient pas fichés sans raison. Ils travaillaient pour les services secrets.

Tous les trois. Ou bien ils ont menacé des intérêts protégés par l'agence de renseignement. Dans tous les cas, ils ont quelque chose à voir avec tes copains de la DGSI. Et tu vas pouvoir m'aider à infiltrer leur réseau pour que je sache ce qu'il s'est passé.

– Non, répond Adam.

Lynx braque le volant à gauche et grille un feu rouge. Une voiture qui arrivait de la droite freine en crissant des pneus. Le hacker voit son capot s'approcher dangereusement de sa portière, mais la Volkswagen accélère au dernier moment pour l'éviter.

Le conducteur regarde dans le rétroviseur et annonce :

– Tes copines nous suivent. Elles ne tiennent pas autant à toi que je pensais.

Adam se retourne et voit les phares d'un véhicule à quelques centaines de mètres.

– La mission, avant tout, hein ? reprend Lynx. Elles se fichent des dommages collatéraux. Si tu dois y passer, la DGSI maquillera ta mort en accident et personne ne saura jamais que tu as travaillé pour eux.

– Clotilde ne risquerait pas ma vie.

– C'est pourtant ce qu'elle fait en nous poursuivant. Elle ignore que je vais t'épargner, le temps d'accéder aux dossiers qui nous dévoileront la vérité.

– Je t'ai dit que je ne t'aiderai pas, affirme Adam, résolu.

– Tu ne veux pas savoir qui a tué ton père ? demande Lynx, surpris, avant de freiner brusquement pour prendre une petite rue sur la droite.

– Je ne suis pas comme toi. Je ne cherche pas la vengeance.

– Qui te parle de vengeance ? Il s'agit simplement de la vérité pour l'instant. Je me chargerai personnellement de la vengeance. Tu ne veux pas connaître la vérité ?

Derrière la Volkswagen, la voiture de leurs poursuivantes tourne à droite à son tour.

– À quoi bon ? La vérité ne fera pas revenir mon père. Ni le tien.

Lynx rétrograde en troisième et double un véhicule en déboîtant brutalement. Adam s'accroche à la poignée au-dessus de sa portière.

– Tu n'as jamais rêvé de faire payer celui qui t'a privé de ton père ? reprend le conducteur.

– Personne ne m'en a privé. Il est mort dans un accident.

– Si un trente-huit tonnes nous rentrait dedans alors que nous sommes poursuivis par deux agentes des services secrets et que nous mourrions tous les deux, tu appellerais ça un accident ? Il y a un responsable.

– Admettons, dit Adam. Et le tuer te ferait du bien ?

– Tu n'imagines pas, répond Lynx avec un grand sourire.

– Je ne suis pas comme toi. La vengeance ne fait pas partie de ma vie. J'ai une famille, une copine, des passions, des amis…

– Des amis, hein ? Comme ceux qui nous poursuivent et essaient de nous tuer ?

– Elles veulent t'arrêter. Stopper le virus avant qu'il ne fasse trop de dégâts. Qu'il coûte des vies. Elles font de leur mieux pour éviter des catastrophes.

– Oh, je t'en prie, ne me mets pas ça sur le dos. Le virus n'est qu'un moyen de pression. Un magnifique moyen de pression. Car il est universel. Une menace si merveilleuse qu'elle fait paniquer tout le monde. Personne n'est à l'abri de voir ses secrets dévoilés et cela rendra les gens fous.

Lynx double une voiture, tourne à gauche pour emprunter le boulevard des Tranchées, puis reprend :

– Et s'il faut se venger de quelqu'un, il sera bien pratique, non ? Je l'ai d'abord conçu en visant Glasser. En exposant les failles de leur cloud à une telle échelle, leurs actions vont prendre un coup. Une sacrée baisse. L'entreprise aura du mal à se relever du scandale. Et peu importe si elle n'a rien à voir dans la mort de nos pères. En un sens, j'aimerais que le ver se propage. J'aimerais voir les cachotteries de chacun exposées et ce monde sombrer dans le chaos. Voir les hommes se tourner les uns contre les autres, perdre la tête. Pas toi ?

– Ça me… ça me fait peur, avoue Adam.

– Tu ne penses qu'à ton petit confort. Pourtant ce monde est horrible. Affreux. Regarde autour de toi. La planète est au bord du gouffre. Le terrorisme, les inégalités, la pollution. Et personne ne fait rien. Tes amis, là derrière, n'essaient pas de sauver le monde, mais simplement de maintenir le statu quo. De conserver leurs privilèges d'Occidentaux. Comme j'aimerais leur rabattre le caquet. Montrer à ceux qui croient que le monde leur appartient qu'ils ne sont que des colosses aux pieds d'argile.

Lynx semble recracher un discours préparé et appris par cœur. Adam n'a aucun mal à l'imaginer lisant des pamphlets anarchistes circulant sur Internet, s'isolant de plus en plus dans la douleur et la haine.

– Mais ne t'en fais pas, poursuit le conducteur, si tu m'aides, j'arrêterai le virus.

– Comment ?

– J'ai une clé USB sur moi. Elle contient un script qui stoppera le ver. Et qui permettra de retracer son trajet pour effacer toutes ces occurrences. Ne me dis pas que tu n'as pas envisagé d'introduire une telle commande dans le code du virus ?

Adam ne répond pas.

Lynx négocie un virage serré à gauche. Malgré sa conduite sportive, les poursuivantes se rapprochent. Puis il jette un coup d'œil amusé au hacker.

– Tu l'as fait, hein, c'est ça ? Mais tu n'es pas certain que ton script fonctionne. Sinon, tu aurais envoyé ta copine Weisman récupérer Mercier. Tu n'aurais pas cherché à rencontrer Mercier si tu avais pu arrêter seul le virus.

Adam reste silencieux, vexé d'être aussi lisible. Transparent. Lynx l'a percé à jour de façon magistrale.

– Tu as eu la même idée que moi, reprend Lynx. Seulement, j'ai eu plus de temps pour la mettre en pratique. J'ai pensé à un moyen d'arrêter le ver dès sa conception. Alors que tu n'as eu que quelques heures. Ce que tu as réussi avec le code polymorphique, malgré tout, est impressionnant.

– J'ai fait de mon mieux, mais ton virus est vraiment magistral. Je n'en avais jamais vu de semblable.

Adam se rend alors compte qu'il vient de répondre au compliment de Lynx en lui rendant la politesse.

– Toi et moi, nous sommes pareils, dit le conducteur.

Le hacker ne trouve aucun argument pour détromper son ennemi. Aussi douloureux que ce soit à admettre, les deux jeunes hommes se ressemblent tellement qu'ils pourraient être jumeaux. Ou ennemis jurés. Comme les deux faces d'une pièce.

– Je ne suis pas comme toi.

– Allons, il faut te rendre à l'évidence. Notre histoire est la même. Nous ressemblons tous les deux à nos pères. Ils étaient informaticiens. Et plutôt doués, à en juger par Ranksrobot. Et ils sont morts. Assassinés. Ils nous ont été volés quand nous étions enfants. Nous avons dû grandir sans nos pères. Et on t'a privé de tes jambes.

– S'ils étaient encore vivants, convient Adam, nous serions peut-être amis.

– Les meilleurs amis.

Lynx monte sur un trottoir pour doubler une voiture trop lente par la droite. À cette heure tardive, il n'y a quasiment pas de piétons dans les rues propres de Genève. La ville est endormie.

Au loin, le jet d'eau du lac, symbole de la cité, projette son panache à cent quarante mètres de hauteur. Illuminé par un projecteur bleu, il évoque la traîne azur d'une fusée qui chercherait à s'éloigner de la terre, mais échouerait, battue par la gravité.

– Nous pourrions encore le devenir, poursuit Lynx en remettant le véhicule sur la route. Je sais que nous n'avons pas tout le temps été d'accord.

Quel euphémisme, se dit Adam.

– Mais à deux, nous serions plus forts. Imbattables. Aide-moi. Ensemble, nous découvrirons la vérité sur nos pères. Et je te promets que je te donnerai la clé USB pour arrêter le virus.

Une détonation retentit alors.

– Elles nous tirent dessus, crie Lynx.

Dans le rétroviseur, Adam voit une silhouette qui dépasse de la fenêtre du côté passager de la voiture qui les suit. Britta, un pistolet au bout du bras, vise leur véhicule.

– Tu vois ? dit le conducteur. Elles n'hésiteraient pas à te sacrifier !

Le hacker n'en croit pas ses yeux. Un autre tir résonne. Par réflexe, il baisse la tête. Aucun impact de balle ne touche pourtant la Volkswagen.

– J'aimerais moi aussi découvrir la vérité sur mon père, concède-t-il en se redressant. Mais la vengeance, ce n'est pas pour moi. Je n'ai pas ce feu qui brûle en moi.

– Je ne t'obligerai pas à tuer qui que ce soit. Aide-moi simplement à retracer le fil des événements qui ont conduit à la mort de nos pères.

– Et lorsque tu te seras vengé, tu arrêteras ?

Lynx se tourne vers Adam et le regarde droit dans les yeux.

– Je disparaîtrai de la circulation. Je me rangerai.

Il reporte son attention sur la route pour éviter un véhicule puis ajoute :

– Lynx mourra. Je redeviendrai Vincent Anderson.

D'une main, il fouille dans une des poches de son pantalon noir et en sort une clé USB.

– Voilà le code complet du virus. Ainsi que le script permettant de l'arrêter. Si tu m'aides, je te les donnerai volontiers.

Un autre tir vient frapper la carrosserie de la voiture dans un impact tonitruant.

Adam se retourne. *Elles vont finir par nous tuer…*

Il avise le véhicule, désormais très proche d'eux. Puis Lynx, concentré sur sa conduite. Il tient la clé USB entre deux doigts de sa main droite, posée sur le levier de vitesse.

Coincé entre les deux agentes des services secrets qui leur tirent dessus et Lynx, le hacker est de nouveau tributaire de forces qui le dépassent. Emporté dans une poursuite dont il ne maîtrise pas l'issue, face à un choix impossible, que peut-il faire ?

Il y a encore quelques minutes, l'idée de s'associer à Lynx lui aurait paru délirante. Mais sous les balles de Britta, la situation a évolué. Tout comme son ennemi. Vincent Anderson semble avoir percé sous le masque du pirate informatique.

Et si ses soupçons étaient vrais ? Si la DGSI ou la CIA avaient quelque chose à voir dans la mort de leurs pères ? Adam ignore comment il réagirait. Peut-être qu'il serait lui aussi consumé par la haine, qu'il chercherait à se venger.

Lynx a raison sur un point. Ils ne sont pas si différents. En d'autres circonstances, les rôles auraient pu être inversés.

– Donne-moi la clé, dit Adam.

– Tu es sûr ?

– Donne-la-moi.

Lynx lève la main du levier de vitesse et le hacker s'empare du code stoppant le virus. Il l'enfonce dans la poche de son jean tandis que deux tirs retentissent dans la nuit genevoise. La voiture des deux agentes est presque sur eux, désormais. Mais décidément, Britta a du mal à les atteindre.

Lynx rétrograde puis accélère à fond.

– Bien, lance-t-il. Il va falloir les semer, maintenant.

Souriant, il jette un coup d'œil à Adam et monte jusqu'à plus de cent cinquante kilomètres-heure sur l'avenue de la Roseraie, en direction du sud.

Le moment est venu de reprendre mon destin en main.

Adam, l'air désolé, se tourne vers Lynx. Comme s'il avait senti l'intention de son passager, le conducteur recule la tête, instinctivement. Mais le hacker a déjà détaché sa ceinture et se jette sur lui. Il lui donne un coup de poing au visage puis essaie de lui attraper la tête.

Par réflexe, Lynx appuie sur le frein. Adam, qui a réussi à lui saisir le crâne entre le front et la nuque, le projette contre la vitre de la portière. Le conducteur lâche le volant pour se protéger et, légèrement sonné par le choc, ne maîtrise plus son véhicule. La voiture, qui vient d'entrer sur le pont de la Fontenette, au-dessus de l'Arve, un des cours d'eau qui traversent Genève, part dans un tête-à-queue à grande vitesse.

Adam, qui a mis toute sa rage, sa frustration et ses dernières forces dans ce geste désespéré, ne voit pas la Volkswagen frapper la barrière de sécurité qui longe le pont. Il entend simplement la balustrade céder dans un bruit métallique, et sent l'habitacle basculer. Il lâche Lynx et son estomac lui remonte dans la poitrine.

Puis c'est le choc. Brutal. Assourdissant.

La voiture a percuté l'eau froide et agitée de l'Arve.

C'est en ouvrant les yeux qu'Adam se rend compte qu'il les avait fermés. Il découvre alors les airbags avant et latéraux qui se dégonflent peu à peu.

Et de l'eau qui s'infiltre, sur le tapis de sol.

Sans attendre, il essaie d'ouvrir sa portière. Il actionne la poignée, mais ne parvient pas à la faire bouger d'un centimètre. Elle n'est pourtant pas immergée. Le choc a dû la déformer.

Une pensée s'impose brusquement à son esprit, cinglante. Il va mourir ici. Noyé comme le père de Lynx. Et dans une voiture, comme son propre père.

La Volkswagen, dont le capot est déjà complètement enfoncé dans l'eau, coule rapidement.

Le hacker appuie des deux mains contre la porte puis pousse de toutes ses forces. Comme si cela pouvait l'aider, il hurle et assisté par un afflux d'adrénaline parvient à la débloquer. Dans un dernier effort, il l'ouvre suffisamment pour sortir. Mais il ne peut pas encore quitter le véhicule.

À côté de lui, Lynx pousse un gémissement et semble s'éveiller.

– Qu'est-ce que… ?

– Vincent ! crie Adam. Allez, il faut se dégager. Je vais sortir du côté passager. Suis-moi. L'eau commence à entrer et appuie sur la portière.

Lynx, qui paraît reprendre pleinement conscience, regarde le hacker avec surprise.

– Qu'est-ce que… Que s'est-il passé ? Tu… tu m'as trahi.

Adam peine à supporter la pression de l'eau qui pousse le battant.

– Vite. Je ne tiendrai pas longtemps. Viens avec moi.

De l'eau jusqu'à la poitrine, Adam prend sa respiration et s'élance dans l'eau pour quitter le véhicule. Il retient le battant quelques secondes en espérant que Lynx le suive. Mais doit se résigner à le lâcher pour rester à la surface.

Il surnage tant bien que mal en agitant les bras. Il a appris à nager et ne manque pas d'endurance. Mais l'Arve, agitée et froide, n'a rien d'une piscine calme. Il doit lutter à la fois contre le poids mort de ses jambes et le courant.

Deux grands éclats d'eau résonnent un peu plus loin, vers le pont. Adam n'est pas en mesure de regarder ce dont il s'agit. Il espère que ce sont des plongeurs venus à son secours.

Puis il se concentre pour rester à la surface.

La rivière l'emporte et le fond l'attire. Il parvient à ressortir la tête.

longtemps. Déjà, un remous l'entraîne.
bras faiblir. Sait qu'il ne tiendra pas

lui enserre la nuque.
entre dans sa bouche.
urir ici.

CHAPITRE 23

Adam se cambre pour sortir la tête de l'eau. Il crache un peu de liquide.

– Ne bouge plus, lance alors une femme derrière lui.

Clotilde.

– Je vais t'attraper, ne te débats pas.

Il sent les bras de l'agente le serrer et cesse de remuer. Dans son oreille, le souffle de son amie est chaud. Rassurant.

Elle peine, halète, mais parvient à le tirer vers le bord. À plusieurs reprises, Adam a l'impression qu'elle va le lâcher, pourtant, à chaque fois, elle resserre sa prise et reprend son avancée.

Trente secondes ou trois minutes plus tard, le hacker ne saurait le dire, Clotilde atteint le rivage et hisse Adam jusqu'à la terre ferme. Elle se laisse tomber à côté de lui, épuisée.

– Ça va ? demande-t-elle, le souffle court.

– Oui. Merci d'être venue me chercher. Je finissais par croire que tu voulais me tuer.

– Te tuer ?

– C'est la première chose à laquelle on pense lorsqu'on se fait tirer dessus.

– Chaykin visait les pneus. Mais la conduite sportive de Lynx lui rendait la tâche difficile. Pourquoi est-il sorti de la route ?

– Je l'ai un peu aidé, avoue Adam.

– Tu es fou. Tu aurais pu y rester.

– Je n'avais pas le choix.

Cent mètres plus loin, au milieu des flots, la tête de Britta perce la surface. Elle prend une grande inspiration et, malgré le courant, replonge. Quelques instants plus tard, elle réapparaît, le souffle court, le regard paniqué. Le courant l'entraîne à l'écart de l'endroit où est tombée la voiture. Adam se dit alors qu'elle ne prendra pas le risque de se noyer et qu'elle va renoncer à sa tentative de sauvetage. Mais, contre toute attente, elle plonge à nouveau.

– J'espère qu'elle nage mieux qu'elle ne tire, dit Clotilde, je n'aurai pas la force d'aller la chercher.

– Apparemment, répond Adam dix secondes plus tard lorsque l'agente remonte à la surface en portant le corps de Lynx.

Le hacker, frigorifié, sort la clé USB de sa poche. Il la manipule un instant, hésite, puis la range avant que Clotilde ait pu la voir.

– Pourvu que Vincent s'en tire, dit-il.

– Vincent ? Qui c'est, Vincent ?

Adam désigne Lynx et Britta. L'Américaine, les cheveux collés au visage et les vêtements dégoulinants, dépose le jeune homme, inconscient, sur la berge.

Elle se baisse près de lui et commence à le fouiller. Au loin résonne une sirène.

– Que fait-elle ? demande-t-il.

– Elle cherche quelque chose, apparemment. Elle doit espérer que Lynx avait prévu un moyen d'arrêter le virus. La CIA n'a qu'une hantise : que le ver se répande et fasse des dégâts.

Adam ouvre la bouche, prêt à la rassurer. Puis il change d'avis.

– *Is he okay ?* lance-t-il à Britta.

– *He'll be alright.* Mais je parle français, tu sais, ajoute l'agente avec un fort accent américain.

– On en apprend tous les jours.

– Il n'a rien sur lui, annonce Britta. Comment allons-nous stopper le virus ? Il ne t'a rien donné ?

Le hacker secoue la tête

– Nous allons mettre toutes nos équipes au travail, dit Clotilde. Et Adam nous aidera, pas vrai ?

– Je pense avoir une idée pour stopper la propagation du ver, oui.

– Alors il ne faut pas traîner, lance l'Américaine.

– Doucement, la calme aussitôt Clotilde. Adam a failli se noyer. Laisse-lui au moins le temps de récupérer. Ce foutu virus peut attendre un peu…

L'Américaine lui lance un de ces regards qui feraient un carnage s'ils pouvaient tuer.

– Adam ! Adam ! crie Marc en dévalant le talus qui descend vers la rivière.

– Ça va, je vais bien !

L'aîné des Verne manque de glisser sur la boue de la berge puis finit par rejoindre son frère.

– Tu es sûr ? Personne n'est blessé ?

– Vincent est encore inconscient, mais Britta pense qu'il va s'en sortir.

– Et finir sa vie en prison, ajoute Clotilde en grimaçant.

– Je vous ai suivis à distance et j'ai prévenu les secours, explique Marc. Une ambulance ne devrait pas tarder. J'ai embarqué ton fauteuil. Il est là-haut, dans la voiture.

– Et toi ? demande Adam à Clotilde. Comment as-tu fait pour nous retrouver chez Mercier ?

L'agente affiche un bref sourire avant de répondre :

– J'ai collé un traceur sur la chemise de Marc en lui disant au revoir, à la DGSI.

– Hein ? Quoi ? s'étonne celui-ci, en examinant ses vêtements.

– Inutile de le chercher. Il est trop petit pour que tu le remarques.

Face aux regards interrogatifs des deux frères, elle reprend :

– Je pressentais qu'Adam avait un problème. Sans quoi il serait venu me voir. Et je me doutais que cela avait un rapport avec ce qu'il s'était passé à San Francisco. J'ignorais que Lynx était impliqué, mais je connaissais l'existence du virus et du chantage initial.

– Et tu as saisi que j'étais toujours sous l'emprise du ravisseur d'Emma, même en France.

– Quelque chose comme ça, oui. Pour tout avouer, je craignais que tu ne veuilles résoudre tes problèmes tout seul. Les choses auraient été plus simples si tu avais fait appel à nous. Edgar et moi aurions pu t'aider.

– Je l'aurais fait si j'avais pu, mais…

– Tu avais trop peur que Lynx ne l'apprenne. Je peux le comprendre. En tout cas, quand Marc s'est pointé en essayant de nous faire croire qu'il te cherchait, je me suis doutée qu'il était avec toi. Je commence à les connaître, les frères Verne.

Marc, qui a ôté sa veste, la passe autour des épaules de Clotilde, grelottante.

– Merci, dit-elle.

– Tu as sauvé mon frère, c'est la moindre des choses. Mais je t'en veux de t'être servie de moi et de m'avoir collé un traceur.

– Tu aurais préféré que nous vous laissions seuls face à Lynx ?

– Je savais bien que je n'aurais pas dû te faire confiance, lance Adam à son frère. Tu es le pire acteur de la Terre.

– À sa décharge, dit l'agente, j'avais encore quelques doutes jusqu'à ce qu'Edgar comprenne que tu avais découvert son mot de passe pour accéder aux dossiers de la DGSI grâce à un accéléromètre. Encore une fois, tu l'as bluffé, Adam.

– Mais vous avez été plus forts que nous.

– Je ne dirais pas ça comme ça. Nous avons fait équipe sans le savoir. Tu nous as menés jusqu'à Mercier et nous avons arrêté Lynx.

– Il faut encore stopper le virus, dit le hacker.

– Ouais, ben pour l'instant, on va se sécher, ajoute son frère avant de se baisser vers son cadet et de lui tendre les bras.

Adam s'accroche à lui et Marc le soulève.

– Tu as besoin d'aide ? demande Clotilde.

– Non, c'est bon, répond l'aîné qui porte son frère.

– Nous allons nous débrouiller pour rentrer, conclut le hacker. Merci.

– Et le virus ? lance Britta. Il faut arrêter le virus.

– On verra ça plus tard, à Paris ! rétorque Marc en jetant un regard noir à l'Américaine. Mon frère a manqué de se noyer. Vous pouvez lui laisser quelques heures avant de sauver le monde, non ?

Adam, grelottant, le fixe en écarquillant les yeux.

– Oui, voilà, parfaitement ! ajoute-t-il en plaisantant.

Il a le temps de voir Clotilde secouer la tête, amusée, avant de se retrouver en haut du talus, près du pont.

EPILOGUE

Lorsqu'il entre dans une des salles de réunion du siège de la DGSI à Levallois, Adam n'a qu'une seule idée en tête : aller se coucher. Il n'a dormi que quelques dizaines de minutes durant le trajet retour de Genève à Paris. Après de brefs examens à l'hôpital et une douche chaude, le hacker est reparti avec son frère, vêtu d'une blouse de malade, ses vêtements trempés dans un sac plastique posé sur les genoux.

Marc a refusé de finir la nuit dans un hôtel et a tenu à repartir tout de suite. Vers 10 h 30, la Twingo de Michelle Verne s'est enfin garée devant leur maison d'Asnières, après plus de cinq heures d'un trajet épuisant. Mais alors qu'ils s'apprêtaient à se coucher, un coup de téléphone de Clotilde a annoncé à Adam qu'il devait se rendre sur-le-champ au siège de la DGSI pour un débriefing. « Ton frère aussi », a ajouté l'agente.

En prenant place derrière la table ovale de cette pièce sans âme, Adam ne peut réprimer un bâillement. Face à lui, Marc s'assoit sur une chaise blanche, les traits tirés, visiblement surpris de se trouver pour la deuxième fois en deux jours dans l'antre des services secrets français.

– Merci d'être venus et désolée de n'avoir pu retarder cette réunion, dit Clotilde qui les a accompagnés jusque-là, mais le temps presse. Le virus rend tout le monde tendu, pour ne rien vous cacher. Edgar est toujours au travail pour le stopper, mais il aimerait que tu viennes en renfort. Le bout du ver que tu lui as envoyé depuis San Francisco n'était pas complet, si j'ai bien compris. Il s'arrache les cheveux. Je lui ai promis que nous ferions vite.

Elle s'installe à son tour à côté d'Adam, puis reprend :

– Les Américains aussi sont sur le pont. Comme tu as déjà œuvré sur la modification du code du ver, tu es sans doute le mieux placé pour l'arrêter.

– On verra, dit le hacker.

La porte de la salle s'ouvre et Michel Delacour fait son apparition. Le Serpent, comme tous les employés l'appellent ici, a pris du galon depuis la récente restructuration de l'agence de renseignement. Il n'est plus chef de division à la sous-direction du contre-espionnage, mais désormais sous-directeur de la Sécurité Intérieure et paraît tout aussi fatigué que les frères Verne. Sa peau ridée, ses lèvres minces et ses yeux perçants renforcent, comme si besoin était, son allure autoritaire.

À sa suite, en jean et veste à capuche, les cheveux sommairement attachés en un chignon tenu par un stylo à bille, Britta Chaykin entre dans la pièce, le visage fermé.

– Bonjour messieurs, dit Delacour avant d'adresser un signe de la tête à Clotilde. Merci d'être venus.

Il s'approche de Marc et lui tend une main que le jeune homme serre.

– Michel Delacour. Enchanté de faire votre connaissance, monsieur Verne. Et désolé de vous convoquer ce matin, mais vous êtes désormais trop impliqué.

– Mon frère m'a simplement accompagné à Genève, précise Adam en saluant à son tour le sous-directeur. Il ne sait rien.

– À d'autres, monsieur Verne, dit Delacour en prenant place au bout de la table. Nous sommes au courant de sa visite *informative* dans nos services. Nous pourrions l'inculper d'espionnage, vous savez.

– Mais vous ne le ferez pas, dit le hacker, sans quoi il ne serait pas ici.

– Non, sans doute pas. Nous voulons néanmoins recueillir son témoignage sur les événements récents afin d'avoir une vision plus claire de ce qu'il s'est passé. Nous allons vous demander de rédiger un rapport, dit le sous-directeur à Marc. Et de signer un accord de confidentialité. Je suis certain que vous comprenez ce qui se joue ici, le secret qui doit régner sur ces questions.

Marc, impressionné, hoche la tête.

– O… Oui.

– Bien, reprend Delacour. Mademoiselle Weisman m'a transmis son compte rendu des derniers jours et nos amis américains, dit-il en regardant Britta désormais assise, ont rempli les blancs. Nous pouvons reconstituer votre parcours depuis votre arrivée aux États-Unis, Adam. Nous savons que vous avez aidé Lynx pour sauver votre amie Emma Shore, qu'il vous a recontacté à Paris puis que vous l'avez de nouveau assisté pour retrouver Guillaume Mercier, un résident suisse qu'il avait l'intention d'agresser. C'est bien ça ?

– Pas exactement, répond le hacker sûr de lui. Je ne l'ai pas guidé jusqu'à Genève. Il a réussi à nous suivre.

– Dans des circonstances qui restent à élucider, ajoute Clotilde. Lynx sera interrogé dès sa sortie de l'hôpital.

– Comment va-t-il ? demande Adam.

– Bien, dit l'agente. Il a avalé un peu d'eau, mais ne gardera aucune séquelle.

– Je suis ravi de constater que la santé de celui qui a manqué de vous tuer vous intéresse, dit le sous-directeur, toutefois ce n'est pas ma préoccupation immédiate.

– Nous avons un virus à arrêter, dit Britta avec son accent américain quasiment dépourvu de « r ».

– Oui, et vous voulez mon aide, dit Adam.

– Nos amis d'outre-Atlantique sont très inquiets au sujet des données personnelles que ce virus pourrait exposer, explique Delacour.

– Est-ce que c'est vraiment tout ? demande le hacker.

Dans le silence qui suit sa question, le sous-directeur jette un coup d'œil à Clotilde sans pouvoir masquer sa surprise. L'agente reste stoïque. Elle n'a pas l'air de saisir davantage.

– Expliquez-vous, enjoint Delacour.

– Je comprends que vous souhaitiez arrêter le virus. Je n'ai pas plus envie que vous qu'il se propage. Mais ne poursuivez-vous pas d'autres buts ?

– De quoi parles-tu ? dit Britta.

– Tu as risqué ta vie pour sauver Lynx dans la rivière. Tu ne l'aurais sans doute pas fait si tu n'espérais pas quelque chose de lui.

– Évidemment, confirme l'Américaine. S'il mourait, nous perdions notre meilleure chance d'endiguer la propagation du virus.

– Tu savais très bien, vous saviez tous, dit Adam, qu'il ne vous aiderait pas à le stopper. Mais tu te disais sans doute qu'avec le temps il finirait par craquer et par vous fournir le code de ce virus. Ce ver surpuissant capable de récupérer n'importe quelles données sur n'importe quel compte relié au cloud de Glasser. Et, avec quelques infimes modifications, sur n'importe quel ordinateur de la planète.

Malgré le petit mouvement de tête de Clotilde lui intimant de se taire, le hacker continue :

– Vincent, sans le vouloir, a créé le parfait outil d'espionnage informatique. Et vous êtes prêts à tout pour vous l'approprier.

Un sourire se dessine sur les lèvres de Delacour. Adam peine à le croire, mais le Serpent semble le regarder avec un mélange d'admiration et de fierté dans les yeux.

– Vous êtes doué, jeune homme. Nous avons bien fait de vous recruter. Le code nous intéresse, en effet. L'avoir en notre possession serait un indéniable atout pour les services de renseignement de ce pays.

– Et pour vos alliés de l'OTAN, ajoute Britta avec une pointe d'agacement.

– Oui, sans doute, dit Delacour comme si cette question n'avait pas d'importance.

– Un atout pour les renseignements, déclare Adam. Mais que faites-vous des libertés individuelles ? Chacun devrait être libre de disposer de ses données personnelles sans être espionné par une quelconque agence gouvernementale.

– Allons, monsieur Verne, tous ces gens qui offrent leurs informations à Glasser n'ont que faire de leur liberté individuelle. Leurs photos intimes, leurs propos les plus outranciers, leurs documents les plus personnels, tout cela est déjà accessible aux ingénieurs de Glasser. Pourquoi devrions-nous nous en priver ?

– La fin ne justifie pas toujours les moyens, intervient Marc. La sécurité vaut-elle de sacrifier toutes nos libertés ?

Delacour s'humecte les lèvres et son visage se ferme soudain.

– Nous ne sommes pas là pour entrer dans un débat philosophique, messieurs. Oui, le code nous intéresse et nous allons tout faire pour l'obtenir de Lynx. Mais en attendant, nous devons nous occuper de stopper ce virus. S'il se propage sans que nous le contrôlions, il fera des dégâts irrémédiables. Adam, vous allez devoir rejoindre Vaillant, voulez-vous ?

– Le ver ne fera plus aucun dégât, annonce le hacker.

– Quoi ? fait Delacour.

Britta, elle, ne peut s'empêcher de lâcher un :

– *What ?*

– Je l'ai bloqué cette nuit, depuis l'hôpital de Genève, malgré un Wi-Fi plus que capricieux.

Clotilde se penche vers Adam et pose une main sur son avant-bras.

– C'est vrai ?

Il hoche la tête.

– Mais c'est merveilleux, dit-elle réellement soulagée. Comment as-tu fait ?

– Vincent m'a donné le code du virus entier et le script qu'il avait imaginé pour le contrôler.

– Comment ? Quand ça ? demande l'agente.

– Dans la voiture, avant l'accident, il me l'a passé sur une clé USB. Je lui ai fait croire que j'allais l'aider et il m'a fait confiance. Je l'ai trahi.

– Parfait, dit Delacour. Vous avez donc le code du virus. Pouvez-vous le transmettre à Vaillant pour analyse ?

– Hé, pas si vite, lance Britta. La CIA a participé à l'arrestation de Lynx, ce terroriste qui a menacé son territoire. Et un des objectifs de ma venue en France est de mettre la main sur ce ver d'une importance stratégique capitale.

Le Serpent se tourne vers l'Américaine et pose les deux mains à plat sur la table.

– Écoutez, mademoiselle Chaykin, j'aborderai ce sujet prochainement avec vos supérieurs. Vous pouvez d'ores et déjà leur annoncer que, grâce au courage d'un de nos agents, dit-il en jetant un coup d'œil à Adam, la menace du virus est neutralisée. Les intérêts américains sont protégés. Pour le reste, je crois que ces enjeux dépassent l'hospitalité dont nous avons fait preuve jusqu'ici.

Britta se lève brusquement et, sans un regard pour personne, quitte la pièce en claquant la porte. Adam ne peut s'empêcher de remarquer le petit sourire de Clotilde.

– Bien, une bonne chose de faite, reprend Delacour en se levant. Vous pouvez désormais rejoindre Vaillant, monsieur Verne.

– Non, dit le hacker.

– Pardon ?

– Je ne vous donnerai pas le code. Enfin pas sans une contrepartie.

Le Serpent se rassoit lentement en lançant un coup d'œil assassin au hacker.

– Très bien, je vous écoute.

– Je voudrais consulter les dossiers en votre possession concernant mon père et Georges Anderson.

– C'est un peu délicat. Il me semble que ces informations sont classifiées, non ? dit Delacour en demandant confirmation à Clotilde.

L'agente hoche la tête.

– Vous ne me ferez pas croire que vous ne pouvez pas m'en autoriser l'accès, relance Adam.

– Non, en effet. Mais pourquoi le ferais-je ? Que cherchez-vous ?

– La vérité tout simplement. Je travaille pour vous depuis quelques mois et j'ai risqué ma vie à plusieurs reprises.

Le hacker soutient le regard noir de Delacour puis poursuit :

– Je n'ai rien demandé jusqu'ici, en échange. Cependant, récemment, mes proches ont été menacés. Emma a été enlevée. Et...

La voix d'Adam se brise, mais il se reprend aussitôt.

– Je n'ose imaginer ce qui aurait pu se passer, si je n'avais pas obéi à Lynx... à Vincent. Je lui en ai beaucoup voulu. Je le haïssais de toutes mes forces pour ce qu'il m'obligeait à faire. Mais j'ai compris que cette haine me rapprochait de lui. Dans d'autres circonstances, si ma vie avait été légèrement différente, j'aurais pu devenir comme lui. Marc aurait pu devenir comme lui.

– Tu t'es pris de pitié pour ton ravisseur, dit Clotilde, on appelle ça le syndrome de Stockholm.

– Tu ne comprends pas, rétorque Adam. Vincent était comme moi. Et il a basculé. Il est devenu Lynx. S'il avait appris la vérité sur la mort de son père, il aurait peut-être agi autrement. Sans la haine qui le dirigeait, il aurait pu être comme moi. Nous aurions pu être amis.

Adam se tait, baisse la tête.

– Je veux savoir ce que vous cachez dans vos dossiers, reprend-il en la relevant. Sans quoi je ne vous donnerai pas le code.

– Je n'ai pas pour habitude de céder au chantage, dit Delacour en fronçant les sourcils. Et qu'est-ce qui me prouve que vous avez bien le code ?

– Rien. Mais jusqu'ici, je crois m'être montré digne de confiance.

Sous les regards éberlués de son frère et de Clotilde, Adam propulse son siège loin de la table et se dirige vers la sortie.

– Qu'est-ce qui m'empêche de vous fouiller et d'envoyer des agents ratisser votre domicile ? Vous croyez vraiment que nous allons louper une clé USB ?

Le hacker se retourne vers le Serpent.

– Et vous, vous croyez vraiment que je suis idiot au point d'avoir caché la clé chez moi ?

– Très bien, dit Delacour avant qu'il sorte. Vous avez gagné. Donnez le code à Vaillant. Je vous laisserai accéder aux dossiers.

– Non. Je ne vous le céderai que lorsque j'aurai vu les dossiers.

Le sous-directeur tourne la tête, les yeux baissés, comme s'il essayait de contenir sa colère puis annonce :

– Mademoiselle Weisman va organiser cela. Vous pourrez satisfaire votre curiosité. J'espère que vous ne serez pas trop déçu. Et je compte bien récupérer aussitôt le code.

– Vous l'aurez.

– Ce sont des méthodes dignes de Lynx, lance Delacour.

– Je vous ai dit que nous nous ressemblions, déclare le hacker d'un ton froid en sortant de la pièce.

Marc, stupéfait, se lève et le suit dans le couloir.

Clotilde, restée seule avec son supérieur, lui demande :

– Que va-t-il trouver dans ces dossiers ?

– Ce qu'il cherche. La vérité. Aussi douloureuse soit-elle.

⁂

– Alors, satisfait ? lance Clotilde à Adam lorsqu'il sort du bureau où il vient de consulter les dossiers de Komu et de Case.

Sans répondre, le hacker sort la clé USB de sa poche et la lance à l'agente.

– J'en étais sûre, dit-elle avec un sourire. J'aurais dû parier que tu avais le code du virus sur toi pendant que tu négociais avec Delacour.

– Tu me connais bien, hein ? dit le hacker d'une voix où perce une pointe de sarcasme.

Il propulse son fauteuil et passe devant Clotilde.

– Je dois te raccompagner à l'accueil. Mais il faut d'abord que je donne la clé à Edgar. Tu viens avec moi ?

– Je préférerais repartir tout de suite. Marc m'attend dehors.

– Bien.

Elle le suit dans les couloirs sobres du bâtiment jusqu'à l'ascenseur. Une fois les portes de la cabine refermées, elle se poste derrière lui, face à l'ouverture.

– Désolée, dit-elle.

– De quoi ?

– De tout ce qu'il s'est passé. De n'avoir pas pu t'aider plus tôt, de n'avoir pas pu répondre lorsque tu m'as appelée depuis la Californie, d'avoir collé un mouchard sur ton frère… Tu as dû croire que je t'avais abandonné. Que je ne t'aiderais pas. Mais j'étais en mission. Et je ne pouvais pas te parler. J'ai fait de mon mieux, je te jure. Mais cette affaire a créé de tels remous, il y avait une telle pression. Sans parler de Delacour et de son double jeu contre la CIA…

– Tu n'as pas à t'excuser, réagit-il. Tu m'as encore une fois sauvé la vie. Et je ne peux pas t'en vouloir pour ce que je viens d'apprendre.

– Ce qu'il y avait dans les dossiers ?

– Oui. C'est encore un peu difficile à encaisser.

– Tu veux en parler ?

– Non. Je veux juste savoir une chose.

– Je t'écoute.

Clotilde fait un pas et se place devant Adam.

– Est-ce que tu étais au courant de ce qui s'est passé il y a douze ans avec Kumo, Fablious et Case ?

– Je n'avais jamais entendu ces noms, il y a deux jours. Je n'étais pas en poste à l'époque.

Le hacker hoche la tête et déclare :

– Merci pour tout ce que tu as fait pour moi.

– Tu dis ça comme si nous n'allions plus nous revoir.

Adam hausse les épaules, les yeux humides.

Clotilde se penche vers lui et le prend dans ses bras. À cet instant, il sent qu'il n'a jamais été aussi proche d'elle. Et, pour la première fois, il s'autorise à penser qu'elle n'est pas simplement une agente des services secrets ultra-professionnelle obéissant à des ordres sans se poser de questions, mais peut-être également une amie.

– Merci, répète-t-il.

Elle se redresse, se mord la lèvre en regardant Adam.

Les portes de l'ascenseur s'ouvrent. Elle le laisse sortir.

⁂

Quelques minutes plus tard, les frères Verne montent dans la voiture de leur mère. Marc replie le fauteuil roulant puis le range dans le coffre.

– Bon, dit-il en revenant s'installer derrière le volant, Delacour a tenu parole ? Il t'a laissé accéder aux dossiers ?

– Oui.

– Je n'en reviens toujours pas de la façon dont tu lui as tenu tête. C'était dingue.

– Cette histoire avec Vincent m'a fait réfléchir. Je voulais savoir s'il y avait une part de vérité dans ce qu'il prétendait. Est-ce que Mercier avait vraiment tué nos pères...

– Je n'y ai jamais cru.

– Non, moi non plus. Mercier semblait sincère.

– Et il l'était ?

– Visiblement, oui.

Marc sort du parking auquel l'accréditation d'Adam lui a donné accès. La Twingo passe devant le grand immeuble vitré du 84 rue de Villiers.

– Je ne sais toujours pas qui a tué papa, reprend Adam. Mais je suis quasiment sûr que ce n'était pas un accident.

– Quoi ?

– Mercier, Anderson et papa étaient tous les trois profs dans le même établissement. Mercier et Anderson se connaissaient depuis leurs études, ils étaient très proches. Ils ont tous une fiche individualisée très détaillée dans les serveurs de la DCRI. Leur passé a été soigneusement épluché lorsque papa a été embauché.

– Attends, pas trop vite. Comment ça, embauché ? Il bossait pour les services secrets ?

– Oui. Il a été recruté au milieu des années 90 comme informateur. Apparemment, avec le boom de l'informatique grand public et des réseaux, les agences de renseignement ont décidé de surveiller ce qui se tramait dans ces domaines de pointe. Elles ont ainsi approché des dizaines de chercheurs et d'ingénieurs haut placés. Certains ont refusé, mais papa a accepté d'aider son pays.

– Et, concrètement, en quoi consistait son boulot ?

– Il remplissait des rapports sur des avancées potentielles dont il avait vent et signalait les étudiants les plus prometteurs, ceux qui pourraient devenir des recrues à l'avenir. J'ai vu certains de ces rapports. Sans intérêt. De la simple vigie, sans gros travail d'analyse en échange d'un joli chèque à la fin du mois. Le travail routinier des renseignements.

– Quel rapport avec l'accident ?

– Il n'y a pas eu de véritable enquête sur la mort de papa et d'Anderson. En tout cas, ses résultats ne figurent pas dans leur dossier. Mais je crois avoir pu retracer la chronologie des événements.

La voiture s'arrête à un feu rouge et un père, sur le passage clouté, fait traverser son fils de cinq ou six ans en le tenant par la main.

– Un des élèves de papa, poursuit Adam, un certain Thierry Hoffman, lui a demandé de l'aide pour achever son robot indexeur. Il a accepté et, très vite, une équipe s'est constituée autour du projet. Quelques étudiants les ont rejoints, supervisés par papa et ses amis Mercier et Anderson. Le projet a pris de l'ampleur et, en approchant du but, papa a rédigé un rapport indiquant à la DGSI que le programme sur lequel il travaillait avec ses amis et des étudiants avait un énorme potentiel. Ensuite, les choses se compliquent.

– C'est-à-dire ? s'impatiente Marc, plus concentré sur le récit de son frère que sur la route.

– Une entreprise américaine, Vertigal, a montré un intérêt pour Ranksrobot et a proposé à Thierry Hoffman de lui acheter le programme. La DGSI a alors chargé papa de suivre l'affaire. Une innovation française qui risquait de partir à l'étranger, cela intéressait les services. Les derniers rapports de papa indiquent que Vertigal était prêt à mettre le paquet pour acquérir le robot indexeur, mais demandait des modifications.

– De quel genre ?

– Une sorte de mouchard qui permettrait de recueillir des informations sur les créateurs de contenus. C'est un peu complexe : disons que Vertigal ne ciblait pas seulement les utilisateurs du moteur de recherche, mais aussi ceux qui mettaient des sites en ligne. Il ne s'agissait pas de contrôler la façon de surfer sur le Net des individus, mais d'espionner ceux qui, peu à peu, donnaient son architecture, son sens profond au réseau encore naissant. Pour faire simple, ils voulaient surveiller tout ce qui se créait sur le Web, de façon à éliminer ce qui les gênait ou mettre en avant ce qui les avantageait.

– Et à quoi leur aurait servi un tel programme ?

– Il s'agissait, ni plus ni moins, de la première tentative de surveillance globale du réseau. L'ancêtre de ce qu'essaie de faire actuellement la NSA. Vertigal aurait pu y parvenir bien plus tôt. Sauf que les origines de cette entreprise sont nébuleuses.

– C'était une couverture ?

– Je crois. Et papa le croyait aussi.

– Il l'a écrit ?

– Oui. Il pensait qu'une puissance étrangère était derrière Vertigal. Et ça expliquerait les modifications demandées. Depuis le début de l'Internet, les États ont cherché à le contrôler, à surveiller ses contenus.

– Et ils ne voulaient pas seulement s'occuper du réseau, mais être en mesure d'avoir une emprise sur ceux qui en faisaient la moelle, si je comprends bien.

– Exactement. Hoffman s'était suicidé quelques mois plus tôt et papa et ses amis avaient pris sur eux de finir le robot.

– Un suicide, vraiment ?

– Oui, je pense. Il avait de graves problèmes psychiatriques et c'était avant que Vertigal ne demande des modifications. Papa et ses amis ont refusé d'introduire ces changements, évidemment. Dans son dernier rapport, papa explique qu'il a été menacé par plusieurs coups de téléphone anonymes et que, suite à la mort de son ami Georges Anderson, il craignait pour sa vie et pour celle de sa famille.

– Et les services secrets français n'ont rien fait pour le protéger ?

– Ils ont agi, mais trop tard, semble-t-il, ou pas assez énergiquement. Ils ont ensuite mis Guillaume Mercier à l'abri en le faisant disparaître.

– Après *l'accident* de papa. S'ils avaient été plus rapides...

– Ils ne pouvaient pas imaginer qu'une puissance étrangère oserait se débarrasser de chercheurs français pour une simple histoire de robot indexeur.

– Leur découverte était vraiment révolutionnaire ?

– Difficile à dire à l'époque. Avec le recul, oui. Et s'ils avaient accepté les modifications demandées, le Web serait davantage espionné, ou depuis plus longtemps, qu'il ne l'est déjà. Grâce à papa, il est resté un espace de liberté plus longtemps. Après sa mort, Mercier a vendu le robot à un concurrent de Vertigal, une entreprise légitime. Glasser.

Marc se glisse dans le trafic d'un boulevard de Levallois. Il ne dit rien pendant quelques instants, concentré sur sa conduite, puis :

– Tu as une idée du pays qui était derrière Vertigal ?

– Aucune. Ça pourrait être la CIA. Ou les Russes. Voire la Chine. Papa n'en a rien dit sur ses rapports.

– Et tu penses pouvoir le découvrir ?

– Peut-être, avec l'aide de la DGSI. Delacour le sait, sans doute.

– Il faut le lui demander.

– Non, Marc. À quoi bon ? Papa est mort. Ça ne le fera pas revenir.

– Tu n'as pas envie de savoir à qui tu dois d'être dans un fauteuil roulant ?

– Pour quoi faire ? s'emporte Adam. Pour devenir comme Vincent ? Pour ne plus penser qu'à ça ? Que ma vie ne se résume plus qu'à une envie de vengeance ?

Marc regarde son frère une seconde puis se tourne de nouveau vers la route.

– Parfois, j'ai l'impression que c'est toi l'aîné, tu sais.

– Peut-être que l'affaire a été résolue par les services secrets français. Peut-être que les responsables de la mort de papa et du père de Vincent croupissent en prison. J'ai envie de le croire, en tout cas.

– Si c'est le cas, Lynx a gâché sa vie à chercher à se venger d'un crime déjà puni.

– Et pour ce faire il est devenu comme ceux qu'il détestait. Tu comprends pourquoi je ne veux pas l'imiter.

Marc hoche la tête.

– Je comprends. Je comprends très bien. Mais la clé contenant le code, tu l'as donnée à Delacour ?

– Oui.

– En sachant qu'il peut l'utiliser pour espionner n'importe qui ?

– Oh, ne t'en fais pas, il ne pourra pas vraiment s'en servir.

– Comment ça ?

– Le programme original du virus, sans le code polymorphique que j'y ai ajouté pour le rendre invisible, ne résistera pas aux antivirus du commerce. Delacour va vite déchanter.

Marc adresse un grand sourire à Adam.

– Et j'imagine que tu n'es pas près de le leur donner.

Le hacker ne répond pas. C'est inutile. Son frère l'a parfaitement compris.

La Twingo se gare devant la maison des Verne. Adam se surprend à sourire en regardant le pavillon, symbole de retour à la normalité. Mais lorsqu'il ouvre la portière, une personne incongrue dans ce décor vient rompre sa routine retrouvée. Une belle jeune fille sort de la maison en courant et se jette sur lui.

– Je n'ai pas pu résister ! lui lance Sarah.

Elle se penche à l'intérieur de la voiture et l'embrasse fougueusement.

– Dès que j'ai eu ton message me disant que tu étais rentré, j'ai foncé ici, reprend-elle, le visage radieux. Ça ne te dérange pas ?

– Tu plaisantes, dit Adam. Je crois que rien n'aurait pu me faire plus plaisir.

– Bah, fait la jeune fille comme s'il exagérait.

C'est pourtant la stricte vérité.

– Ta mère m'a proposé de t'attendre à l'intérieur, reprend Sarah avec enthousiasme. Elle est super sympa…

– Elle a ses moments, convient Adam en dépliant son fauteuil, ramené par Marc.

De retour dans sa chambre, en compagnie de sa petite amie, Adam a l'impression de revivre. Les jours précédents, angoissants et solitaires, ont laissé place à une sensation de bien-être vertigineuse. L'environnement familier le rassure et les baisers de Sarah lui confirment que le choix qu'il a fait dans la voiture de Lynx était le bon.

– Comment était le tournage ? lui demande-t-elle enfin, assise sur le lit près de lui.

– Mouvementé, répond Adam à la fois gêné de devoir lui mentir et désireux de lui épargner des angoisses inutiles.

– Et ton amie… euh, Emma, c'est ça ?

– Elle va bien. Je l'ai à peine vue. Elle avait beaucoup de travail. Pour ses examens.

Sarah hoche la tête comme si elle ne le croyait pas vraiment, mais qu'elle lui accordait le bénéfice du doute. Adam se penche alors vers son sac à dos posé par terre et en sort une photo en noir et blanc de Justin Baker qu'il lui tend.

– Waouh. Et dédicacée. Merci ! dit-elle en l'enlaçant.

– Justin est un type super sympa.

– Hum hum, je vois. Et Keanu Reeves, il est cool ? demande Sarah d'un air moqueur.

– Oh, tu sais, je ne suis pas pote avec tous les acteurs hollywoodiens. Seulement les meilleurs.

– Et ça, dit-elle en voyant dépasser des disquettes par l'ouverture du sac. C'est un autre souvenir de Californie ?

Adam avise les artefacts informatiques estampillés Komu.

– Oh, non, explique-t-il. Ça, c'était à mon père. Marc les a retrouvées au grenier.

– Tu as pu les lire ?

– Je crois que je sais déjà ce qu'elles contiennent... Et...

Adam plonge son regard dans celui de Sarah puis conclut :

– Et c'est du passé.

L'AUTEUR

Laurent Queyssi est né en 1975 aux confins de la Gascogne. Après des études universitaires autour de l'œuvre de Philip K. Dick, il s'est dirigé vers l'écriture et exerce autant dans le roman (*Neurotwistin'*, Les Moutons électriques, en 2006, *L'Héritier du Chaos*, Mango, en 2008) ou la nouvelle (*Comme un automate dément reprogrammé à la mi-temps*, ActuSF, en 2012) que l'essai (*Les Nombreuses vies de James Bond*, Les Moutons électriques, en 2007) et la bande dessinée (*Blackline*, deux volumes aux éditions du Lombard). Il tient la chronique bédé/littérature dans l'émission de télévision *Plus ou moins geek*.

Vous pouvez le retrouver sur son site :
http://laurentqueyssi.fr

Retrouvez Adam et Clotilde dans :

Infiltrés

Alors qu'il imagine sa vie immobile, rivé à un écran à cause de son handicap, Adam est propulsé dans la course pour milliardaires Riviera Race. Sa mission : empêcher la vente d'un redoutable virus.

Dans l'œil de Lynx

Désormais agent secret, Adam infiltre le milieu des jeux vidéo. Entre Barcelone et Londres, il défie Lynx, l'inventeur d'un code informatique diabolique qui transforme les joueurs en tueurs potentiels.

Achevé d'imprimer en France en septembre 2015
sur les presses de Normandie Roto Impression s. a. s.
Dépôt légal : octobre 2015
N° d'édition : 6442 - 01
N° d'impression : 1503168